想い人

十手魂「孫六」

山田 剛

角川文庫
23669

目次

第一話「孫六子守唄」

1

「半分こだよ」

古びたお堂の裏手で、ねんねこを背負った少女が腰を屈《かが》め、まだ耳の立たない野良の仔犬《こいぬ》に塩むすびをくれている。

まだ十四、五の赤ら顔をした純朴そうなその少女はお咲《さき》といい、遠くの町でもらい乳をした帰りである。

その塩むすびは、乳をくれる人の隣家の世話焼きなおかみさんが、帰りに食べろと言って渡してくれたものだった。

ここは湯島横町《ゆしまよこちょう》の町はずれで、すぐ近くを流れる神田川《かんだがわ》の川風が吹きつける。

空模様が怪しく、辺りは薄暗いが、まだ八つ時（午後二時頃）である。

むすびを食べ終える頃、抑えた男の声が近づき、通り過ぎた。

「家の中には女と赤児と下女がいる」

「踏み込んだら一気に斬る」

「赤児も容赦するな」

指に付いた飯粒を食べながら道に出ると、足早に立ち去る三人の武士が見えた。

(女と赤児と、下女……?)

お咲は用心深く後を尾《つ》けた。

三人の武士は角を曲がり、路地に入った。

あの路地の奥には、お咲が〈その御方〉の身の回りの世話をする家がある。

お咲は小走りで角まで寄って、鍛冶屋《かじや》の槌音《つちおと》が響く路地の奥を覗《のぞ》いた。

三人の武士が足を止めたのは、川縁《かわべり》にぽつんと建つお咲の住む家の前だった。二人が見張りに残り、一人が中に踏み込んだ。

(どうしよう)

心ノ臓が早鐘のように打つ。

すぐに踏み込んだ武士が家から出て来た。

「おらぬ」

「気づかれたか」

「どうする」

「誰かここで見張るか」

怪訝《けげん》な目を向けながら、職人風の男が通り過ぎる。

「ここは人目につく。一旦《いったん》、引き上げよう」

三人の武士が路地を引き返してきた。

お咲は急いで物陰に屈んで身を隠した。

武士をやり過ごすと、先ほどのお堂に戻って、中に飛び込んだ。

何か異変があった時はお堂に身を隠して指示を待てと言われていたからだ。

時々ぐずる赤児を精一杯あやして、ようやく夜になった。

夜になって強まった風が扉の格子から吹き込み、虎落笛《もがりぶえ》のように泣く。

表で枯れ草を踏む足音がし、お咲は身を伏せるようにして息を詰めた。

川の音が忍び込み、抑えた男の声がした。

「お咲、いるか」

「丹羽《にわ》様」

お咲は扉まで這《は》い寄り、格子の隙間から表を覗いた。

深編笠《あみがさ》を被《かぶ》った武士がいた——丹羽新三郎《しんざぶろう》である。

「子は無事か」

「はい。昼間、お志野《しの》さんの命を狙ってお侍が三人来ました」

「やはりな。お志野は無事だ。手が回る前に逃した。お前もここを出て舟で本所の弥《み》勒《ろく》寺に向かえ」

言われてお咲はお堂を出た。

「お前が舟に乗るのをここで見届ける。見届けたら、私もすぐに寺に向かう」

お咲は船頭の娘、舟を漕《こ》ぐのは得手だ。

急いで裏手に舫《もや》いだ小舟に向かった。

船尾に拙《つたな》い文字で丸に「さ」と墨で書いてある。「咲」の「さ」だ。

お咲は小舟に乗り込むと、手早く舫い綱を解《ほど》いた。その時。

「いたぞ」という声がして、三つの黒い人影が駆け寄るのが見えた。

「お咲、急げ」

丹羽は抜刀し、迫り来る三人の武士に立ち向かった。

お咲はねんねこを下ろし、赤児を舟に寝かせた。

背後から斬られるのを避けるためだ。

「うわっ」

刃《やいば》を浴びた丹羽の呻《うめ》き声がした。

「丹羽様」

振り向こうとした時、肩口に熱い痛みが走った。

別の武士の一太刀を浴び、お咲は堪《たま》らず川に落ちた。

武士が止《とど》めを刺そうとしたその時。

「人殺しだ」「斬り合いだ」という声が幾つも上がり、欄干を叩《たた》く音が響いた。

揃《そろ》いの法被を着た火消しの男たちだった。

「助太刀するぜ」

口々に叫びながら火消しの男たちが橋板を踏み鳴らし、駆けつけた。

三人の武士は白刃を振り回しながら、火消しの男らの間を駆け抜けた。

その間に、懸命に舟に這い上がったお咲は、残る力を振り絞って川底に竿《さお》を突き、舟を漕ぎ出した。

(丹羽様はご無事だろうか……)

川にはお咲の舟のほかに、船影は一つもない。

舟が流れに乗ったようだ。

ほっとした途端、お咲は舟の中に倒れ込んだ。

筵《むしろ》を手繰り寄せて頭から被り、赤児の寝顔を見ながら流れに任せた。

赤児が小さく声を立てて笑った。

微笑みを返したお咲の瞼《まぶた》は力なく閉じられた。

2

なんだ神田の誰もが知る青物市場、通称〈やっちゃば〉――

通り一杯に、色鮮やかな取れ立て野菜の青臭い匂いや甘い香りがたちこめている。

そこに土や荒縄の匂いが混じって、逞《たくま》しい生命の手触りがひしひしと感じられる。

通りを挟んで、野菜や水菓子などを商う店が肩を寄せ合うように軒を連ね、威勢のいい呼び声、掛け声が飛び交い、荷車や大八車の車輪の音が力強く響く。

朝の〈やっちゃば〉は五感を刺激する場所だ。

その喧騒《けんそう》の中を、まるで爽《さわ》やかな朝の光をまとうようにして行く男がいる。

気品ある深い紺色の小袖《こそで》の裾《すそ》をからげ、使い慣れた手拭《てぬぐ》いで頰被りをして颯爽《さっそう》と荷車を曳《ひ》くその男――孫六《まごろく》。

三十路《みそじ》の脂の乗った男盛りである。

「いらっしゃい、孫さん」

連雀町《れんじゃくちょう》の若い店主、浅吉《あさきち》が手を振った。

孫六はこの店を贔屓《ひいき》にしていて、切れっ端やら折れたのやら、売り物にならない野菜ばかりを仕入れている。

「味は一緒だ、見てくれは関係ねえ」

新鮮で美味《おい》しくて仕入れ値が安いのが一番だ。

というのも、孫六は何でも一皿四文で商う四文屋《しもんや》の主人なのである。

四文屋は、芋、焼き豆腐、くわい、蓮根《れんこん》、牛蒡《ごぼう》、大根、今の季節なら八つ頭などを醤油《しょうゆ》でしっかり煮込んで、何でも一皿四文で商う店のことである。

「お峰《みね》坊、やってるな」

野菜がいっぱい詰まった大袋を担いで、十三、四の少女が顔を出した。

「おはようございます、親分」

お峰が恥ずかしそうに挨拶《あいさつ》をした。

お峰が親分と呼び掛けたが、孫六は北町奉行所定町廻り同心《きたまちぶぎょうしょじょうまちまわりどうしん》木之内一徹《きのうちいってつ》から手札をもらっていた。

つまり孫六は、四文屋を営みながら十手を預かる異色の岡っ引きなのだ。

お峰は孤児で、小さな盗みをしては町内預けを繰り返していた。だが、十五になったらいよいよ処罰が下されると耳にした孫六が、最後にもう一度だけ、お峰に更生の機会を与えてやりたいと、奉行所に懇願した。

浅吉に頼み、浅吉の店で働くことで罪を償えるよう働きかけたのである。

孫六とはそういう血の通った仕事をする男である。

仕入れを終えた孫六は荷車を曳いて和泉橋《いずみばし》に差し掛かった。

橋を渡り始めて、孫六は、ふと、足を止めた。

どこかで赤児の泣き声が聞こえた気がしたからだ。

青物市場に向かう時には気がつかなかったが、空耳だろうか。

耳を澄ますと、やはり、か弱い泣き声がした。

(橋の下のようだな)

孫六は橋を渡ると、袂《たもと》に荷車を置いて草の堤を下りた。

橋の下に、小舟が杭《くい》に引っ掛かって停まっていた。舟の上には、積荷だろうか、筵が被せられている。船尾に拙い字で、丸に「さ」と墨書してある。舟の持ち主の目印だろうか。

朝の匂いの中に、微《かす》かに血の匂いが混じった。

孫六は舟の傍に腰を屈《かが》め、筵を捲《まく》った。

筵の下には、まだあどけなさが残る年若い娘とねんねこに包《くる》まった赤児がいて、着衣と船板が血で赤黒く染まっていた。

娘は、背中を、右の肩口から袈裟《けさ》懸けに斬られており、武士の仕業とわかる。

娘の鼻先に手を翳《かざ》し、頸《くび》に指を当ててみたが、息をしておらず、拍動もなく、娘はすでに事切れていた。着衣が生乾きなのは川にでも落ちたのだろうか。

「親分、何してるんですか」

欄干から身を乗り出した剽軽《ひょうきん》そうな若い男は三吉《さんきち》である。

三吉は木之内の下っ引きで、木之内から孫六との繋《つな》ぎ役を命じられている。孫六とは親分乾分《こぶん》の間柄ではないが、孫六を慕って親分と呼んでいる。

「三吉、いいところに来た。仏だ、番屋に報《しら》せるんだ」

「合点で」

三吉は、森の栗鼠《りす》を思わせるすばしっこさで駆けて行った。

孫六は、声も立てられずしゃくり上げる赤児の額に手をやる。

「熱はねえようだ。もうちぃっとの辛抱だぜ」

赤児の頬を指で触った。

ひもじいだろうが、役人が来るまで動かすわけにはいかない。

四半刻《しはんとき》（約三〇分）余りののち――

眼光鋭く、はち切れんばかりの気迫溢《あふ》れる二十四、五の男が、三吉と捕方二人を従えて駆けつけた。木之内一徹である。

「背中をばっさりか。まだ十四、五の娘がなぜ赤児を連れて舟などに……辻斬《つじぎ》りとも物盗《ものと》りとも思えねえが」

「旦那《だんな》、赤児を医者にみせてえと思います」

「わかった。おい、仏を番屋に運べ」

木之内に命じられて、捕方が娘の亡骸《なきがら》を戸板に移そうとする時だった。

「何だ、そんな若い娘っ子だったのかい」

欄干から覗《のぞ》き込んでいるのは、大工箱を肩に担いだ男だった。

「お前はこの舟を見たのか。いつのことだ」

孫六が見上げて訊《き》いた。

「昨夜の四つ（午後十時）過ぎです。筵がかさかさ鳴ったんで、その、船饅頭《ふなまんじゅう》かと思いまして、えへへへ」

男は品のない笑いを浮かべた。

船饅頭とは舟を使って春を売る女のことである。

「行きな」

大工が気づいた時点でもし娘が生きていたとすれば、哀れな話だ。

娘の亡骸は戸板に乗せられ、木之内に従い、番屋に向かった。

「今の大工の話だと、小舟は昨夜の内にこの橋の下にあったようだ。ここに隠れていたのか、川上から流されてきたのか」

孫六は川上を睨《にら》むようにしてから続けた。

「三吉、娘を斬った侍を見た者がいねえか探ってくれ。俺は娘の身許《みもと》を洗う」

「合点で」

勇んだ三吉を呼び止めた。

「おっと、その前に大事な用事を忘れちゃいけねえ」

孫六が赤児をそろっと抱き上げた。


「三吉、そろっと曳けよ、そろっとだぜ」

三吉が曳く荷車の脇を、孫六が荷台を覗き見しながら歩いて行く。

荷台には、ねんねこに包まれた赤児がいる。

和泉橋近くの町医者に見せた帰りである。赤児は腹を空《す》かせ、おしめを濡《ぬ》らしているが、体に問題はないと、医者は太鼓判を押した。

どこの誰とも赤児の素性がわからないので、当分の間、孫六が預かることにして家に連れ帰るところだった。

車輪が石に乗り上げて、がくんと、荷車が傾いた。

「三吉、そろっと曳けと言っただろ、そろっと」

「親分、この道は飛脚も痛がるでこぼこ道なんですから」

「だから、そろっと曳けと言ってるんだ」

「はいはい」

「はいは一度でいいんだよ」

そうこうするうちに、神田相生町《あいおいちょう》にある孫六の店、四文屋〈柚子《ゆず》〉に着いた。

孫六はいそいそと荷台から赤児を抱き上げた。

「さあ、着いた。ここがお前さんの家だぜ。見てみな、看板に、「ゆ、ず」と書いてあるだろ？」

「読めませんて」

「帰ったぜ」

「お帰りなさい」

中からお倫《りん》の声が返った。

「お倫さんだ。どういう字を書くか知ってるか」

「知りませんて」

「さ、入ろう。ただいまってな」

「言えませんて。親分、すっかり父親気分ですね」

「三吉、まだそんなところにいたのか。とっとと荷車を裏に運ばねえかい。あれが三吉ってんだ、気は利かねえがいい奴だからよろしくな」

赤児にでれでれと話し掛ける孫六に呆《あき》れ顔の三吉である。

「どうしたんだい、その赤ん坊は」

出迎えたお倫が目を円《まる》くした。

お倫は、その名の響きの通り、凛《りん》とした女性である。かつては〈ぽん太〉という芸名で深川《ふかがわ》では押しも押されもせぬ人気の辰巳《たつみ》芸者だった。この店を買うにあたり争奪戦を繰り広げた相手だったが、今は孫六の良き同志とも呼べる間柄である。

「二、三日預かることにしたんだ。よろしく頼むよ」

「それは構わないけど」

孫六は赤児を小部屋に寝かすと、お倫に向き直った。

「すまねえ、店を取り仕切るお倫さんに何の相談もしねえで」

「ううん。何か仔細《しさい》があるんでしょ？」

「ちょいと訳ありでな。捕物ではいつも迷惑を掛けている上に、赤ん坊の世話だ。申し訳ねえと思っている」

「でも、子どもを持ったことのないあたしたちで、大丈夫かしら」

お倫が不安を吐露した。

「いきなり赤ちゃんが来たのねえ」

赤児の顔を覗き込むお倫の眼差《まなざ》しが優しい。

孫六にも窺《うかが》い知れない感慨が、お倫の胸の内にはありそうだ。

「何とかなりますよ。いえ、何とかしましょうよ」

「ありがとよ」

「この子どっち？　坊や？　おじょうちゃん？」

「付いてたよ」

「あら、そう。むくろじ長屋に赤ちゃんを産んだばっかりの人がいるわ。その人にお乳をもらいましょう。あとで頼んできます」

赤児が泣き出す。

「お乳の話をしたらお腹が空いたのかしら」

「お乳は、医者の知り合いがたっぷり飲ませてくれたがな」

お倫は赤児の尻《しり》に手を当てる。

「湿ってるわ。当座は手拭《てぬぐ》いで間に合わせるとして、おしめを用意しなくちゃね」

お倫は「忙しい忙しい」と声を弾ませながら部屋を出て行った。

独りになって赤児を覗き込む孫六の耳許に、優しい声が忍び込んだ。

「あなたはどっちがいい？　男の子？　女の子？」

それは亡き妻結衣《ゆい》の声だった。

「男の子に決まってら」

「あら、どうして」

「娘は、年頃になったら心配じゃねえか。あっちこっちから男が寄ってくるんだ。ほっとかねえんだよ、俺たちの娘は別嬪《べっぴん》だからな」

「ふふふ」

「いっくら俺がこうやって追い払っても」

「蝿じゃないのよ」

「いつかは亭主になろうって男が現れる。どんな野郎か、きちんと見極めてやらなきゃならねえ。それが父親たる俺の役目よ」

「役目ねえ」

「気苦労が絶えねえよ、女の子は」

「そういうのを取り越し苦労っていうのです」

「転ばぬ先の杖《つえ》だよ」

「あらあら、大変だわね、うちに生まれる子は。お父上様が小煩《こうるさ》くて」

「小煩いとは何でえ、小煩いとは」

結衣の笑い声が長く尾を引いて、耳許から消えた。

それは亀戸《かめいど》天神に梅を観に行った帰り道のやりとりだった。

孫六にも、わが子をその手に抱くのを夢に見た日があったのである。

その結衣は、五年前、酔漢に人違いで刺されて命を落とした。結衣を刺した男は、実の母親と、人質にした幼い子の母親を殺害し、自らの命も絶った。

北町奉行所の定町廻り同心だった孫六は、結衣も含めて四人の命を守れなかった己の無力に苛《さいな》まれ、職も家禄《かろく》も青江《あおえ》真作《しんさく》という姓名も捨てて町人になった——孫六にはそんな重い過去があった。

結衣との子をその手に抱く——それは永遠に叶《かな》わぬ夢となった。

ほろりとして、鼻の奥がつんとした。

「親分、何してるんですよ、行きますよ」

表で三吉が声を張って呼んだ。

「いけねえ、三吉を忘れてた」

三吉の声で孫六に活が入った。

「御役目、御役目」

孫六は自室に入ると、十手を腰に差し、位牌《いはい》に語りかける。

(結衣、行ってくるぜ)

3

決め手となる手掛かりもないまま、事件から丸二日が虚《むな》しく過ぎた。

聞き込みの途中で寄った花房町《はなぶさちょう》の番屋で飲む茶が苦い。

「親分」

三吉が飛び込んで来た。

「事件を見たって御方を連れて来ました」

「目撃者を？」

「さいで！　さいで！　さいで！」

威勢のいい声を張り上げ、粋な揃《そろ》いの法被を着た三人の男たちが入って来た。

「親分」

真ん中の男が孫六に向かって頭を下げた。

「よ組の小頭《こがしら》じゃねえか」

三人は町火消よ組の男たちで、真ん中の男が小頭の清吉《せいきち》である。

「小頭、親分にこの間の晩の話を聞かせてやってくださいまし」

「三吉、気持ちの悪い言葉遣いはやめろって言ってるだろうが！」

「叱らねえでやってくんな。三吉は小頭に一目も二目も置いているんだ。事件を見た
って？　聞かせてくんな、どんな様子だったんだい」

「斬り合いですよ、ダンビラ振り翳《かざ》した侍が三つも雁首《がんくび》並べやがって、一人の侍に斬り掛かっていたんですよ。俺たちは昌平橋《しょうへいばし》を渡っておりましてね、人殺しっ！　役人を呼べ！　って大声で喚《わめ》いたり欄干を叩《たた》いたりしたもんだから、サンピンどもは泡食って逃げ出しやがった。ま、そんな具合で」

「斬り合いがあったのは昌平河岸か」

（昌平橋は神田川に架かる橋。和泉橋の川上だ……）

「その侍たちだが、浪人か、それとも歴《れっき》とした旗本御家人か、あるいは大名の家中か、その辺りはどうでえ」

「何しろ辺りは真っ暗、頼りといや俺たちの提灯《ちょうちん》一つ、身形《みなり》まではわからなかったが、二本差しでした」

「浪人じゃねえようだな」

「そうだ、斬り合いの最中、女の悲鳴が聞こえたたな」

「女？　斬られたのか」

「そう思って、侍たちが逃げ去ったあとに、そこら辺りを捜してみたんですが、影も形もなかったんでさ」

「妙だな。で、襲われた侍はどうした、やられちまったのかい」

「いえ、手傷を負ってましたが、息があったんで俺の家に担ぎ込みました」

「そいつは世話になったな。小頭、その侍に会わしてくれねえか」

「無理です」

「どうしてだ」

「いねえんです」

「いねえ？」

「消えちまいやがった。世話になった、かたじけない、短い書置きと小判を一枚置いてプイだ。礼儀知らずな野郎だと思いませんか」

「斬られた女のことが気懸かりだったのかも知れねえが……小頭、ありがとよ。丸二日何の手掛かりもなくて大助かりだぜ」

「孫六親分にそこまで言われちゃ、来た甲斐《かい》があったってもんだ。それじゃあっしらはこれで」

清吉は二人の手下を引き連れて帰った。

「お気をつけて」

「馬鹿野郎、何遍言ったらわかるんだ！」

戸口で見送る三吉をどやす清吉の大声に、思わず苦笑いする孫六である。

「三吉、よく調べてくれた。しかし、行方を晦《くら》ませたその侍、血の付いた着物じゃ人目に付くな」

「柳原《やなぎわら》の土手でも当たってきます」

柳原の土手と言えば、古着屋の出店が並ぶことで有名だ。

「打てば響くじゃねえか。今日の三吉は冴《さ》えてるな。お前の出番は近いぜ」

「またまた、おだてて。こうなったら、木でも屋根でも五重塔でも登りますよ」

三吉が飛び出して行った。

斬られて悲鳴を上げた女はふっつりと姿を消した。

(昌平河岸なら、そうか、舟だ。舟なら姿が消えても何の不思議もねえ。侍に斬られたのは、和泉橋の下でみつかった舟の、赤児と一緒にいたあの娘に違いねえ)

お倫が軽やかに下駄《げた》を鳴らして和泉橋を渡る。

小さな風呂敷《ふろしき》包みを抱いている。子どもが大きくなって要らなくなったおしめを、店の客の女房からもらった帰りである。

対岸を、赤茶色の着物を着た深編笠《あみがさ》の武士が、笠の縁に手を掛け、注意深く何かを捜しながらやって来る。

と、男が足を止めた。

何かをみつけたらしく、男は勢いよく草の堤を駆け下りた。

お倫は誘われるように欄干から身を乗り出し、橋の下を覗《のぞ》いた。

男は小舟を検《あらた》めていた。

「丸に、さ……」

男の呟《つぶや》きが、そう聞こえた。

「何かお捜しですか」

お倫が声を掛けると、その武士が笠の縁に手を掛けたまま振り仰いだ。

「お倫……」

その声を聞いた途端、体の中を、つんと、軽い痛みが走った。

忘れられるはずもない懐かしい声だった。

「新さん……？」

男は急いで岸に駆け上がり、お倫も橋の袂《たもと》まで寄った。

お倫が気になって目をやった草叢《くさむら》に、すっと身を伏せる者がいる。

すると、お倫が新さんと呼んだ男が鋭く振り返った。ずいと踏み出し鯉口《こいぐち》に手を掛けると、草叢の男は顔を引き攣《つ》らせ、慌てて逃げ去った。

「ずっと私を尾《つ》けている中間《ちゅうげん》だ」

懐かしい男の口から、不穏な匂いのする言葉が出た。

男が笠を上げた。

「久しぶりだな、お倫」

「新さん、いえ、新三郎様」

笠の下の新三郎はきちんと髷《まげ》を結い、男らしさを増していた。

お倫が会っていた頃の新三郎は冷や飯食いの三男坊の身で、いつも平気で月代《さかやき》も無精髭《しょうひげ》も伸ばしていた。

お倫はすでにその当時、深川で一、二を争う人気の辰巳《たつみ》芸者、ぽん太だったが、新三郎とは素顔のお倫として会っていた。

だが、冷や飯食いとはいえ、新三郎は親戚《しんせき》縁者から、お倫は置屋や贔屓《ひいき》筋《すじ》からつきあいを強く咎《とが》められた。

「芸者は止めたのか」

「はい」

「その方がいい。素顔のお倫がいい」

「新三郎様もご立派になって」

「丹羽の家を継いだのだ」

丹羽家は木挽町《こびきちょう》築地《つきじ》にある笛木新庄《ふえきしんじょう》家江戸《えど》屋敷で納戸《なんど》役《やく》という地味な役職を務める家柄だった。

「長兄と次兄が相次いで亡くなって、私にお鉢が回った。宮仕えは性に合わぬのだが、やむを得ん」

「その言い方、昔とちっとも変わりませんね」

だが、出仕したにしては、身形がみすぼらしく感じられた。赤茶色の小袖《こそで》も新三郎には似合っていない。昔から、着るものにも食べるものにも無頓着《むとんちゃく》で、いつもお倫が用意していた。

お倫はさっきから気になっていた。

時折、新三郎が顔を歪《ゆが》めたり、左の肩や脇腹に手を当てるのだ。

「新三郎様、お体の具合がお悪いのではありませんか」

「いや、大丈夫だ。お倫、用事を思い出した。また、会おう」

踵《きびす》を返そうとした新三郎が再び「うっ」と顔を歪めた。

襟元から手を入れ、左肩を触った新三郎の手が赤く染まっていた。

だらんと下げた左腕にも、鮮血が一筋伝い落ちた。

「新さん」

お倫は驚いて駆け寄り、取り出した手拭《てぬぐ》いを新三郎の左腕に押し当てた。

ふっと、温《ぬく》もりが通う。

視線が絡み合い、どちらともなく外す。

「傷が開いたか」

新三郎が自嘲《じちょう》的な笑みを浮かべた。

先ほどは中間に尾けられていると言っていた。

(何やら危ない目に遭っているようだ……)

「お召し物が汚れます、どうぞお持ちください」

「かたじけない」

「神田相生町の〈柚子〉という四文屋で働いています」

「そうか。達者でな」

新三郎は来た道を足早に引き返した。

懐かしい人との再会はあっけなく終わった。

どうして訊《き》かれもしない自分の居場所など教えたのだろうか。今はもう遠い世界に住む新三郎なのに、心のどこかに未練が残っていたのだろうか。

新三郎は店に来るとは世辞でも口にしなかった。

(あんなこと言っちゃって……)

お倫は欄干にもたれ、見るともなく川の流れを眺めながら悔やんだ。

「お倫さんじゃねえか」

孫六の声がした。

ねんねこに包《くる》まった赤児を抱いた孫六が向こうからやって来た。

いつもは、お倫がむくろじ長屋の若いおかみさんのところに赤児を連れて行って乳をもらうのだが、今日は孫六がそれを引き受けたのだった。

孫六の嬉《うれ》しそうな顔を見ると、昔の感傷が薄らぎ、気持ちが柔らかくなった。

「お乳はたんと飲ましてもらったんだが、ぐずるもんで、そこらを歩いて来たんだよ」

「代わりましょうか。あら、眠ってる。よかったね、いっぱいお乳が飲めて」

お倫は孫六から赤児を引き取ると、あやしながら先に立って歩く。

「ねえ、孫さん」

「ん？」

「名前がないと不便じゃない？」

「確かに、この子やその子、赤ん坊じゃな」

お倫が振り返った。

「付けましょうよ、名前」

「そうだな」

孫六の歯切れの悪さを、お倫は敏感に悟ったようだ。

「両親から貰《もら》った名前があるとは思うのよ。でも、御守も何も持っていないし……いずれは本当のおとっつぁんおっかさんがみつかるだろうけど、それまでの間だけでも」

そこまで言われたら反対する理由はなかった。

「わかったよ」

「あたし、考えてもいい？」

お倫は浮き浮きと訊いた。

「うんと良いことがあるように、大吉」

「おみくじみてえだな」

「気に入らない？　それじゃ、良いことが沢山あるように、多吉。良いことが長く続くように、長吉《ちょうきち》」

「いいじゃねえか、長吉」

「決めようか、長吉に」

孫六が赤児の顔を覗《のぞ》き込む。

「おい、お前さんは今日から長吉だ、いいな。長坊、寝ながら笑ってやがる」

孫六とお倫は赤児に呼び掛け、笑い合った。

4

赤児に長吉と名付けた翌日——

ずらりと立ち並んだ小さな地蔵たちは皆、赤い前掛けをしており、それぞれの前で、色とりどりの風車が、からからと涼やかな響きを立てて回っている。

ここは浅草元鳥越町《あさくさもととりごえちょう》にある梅林寺《ばいりんじ》の境内の奥まった一角である。

ねんねこを背負ったお倫が水子地蔵に手を合わす。

新三郎との再会が、苦い思い出しかないこの場所に、お倫の足を運ばせた。

(ごめんね、長坊。独りじゃ駄目だから、一緒に来てもらったのよ……)

背中の赤児に、心の中で語りかけた。

陽当たりのいい置き石に腰掛け、赤児を背中から下ろして膝《ひざ》の上に抱く。

お参りにくる人が散見される。

重いものを背負った者同士が、互いをいたわり合うように目礼を交わす。

あの日あの時、お倫もああして目を伏せるようにして、そこを歩いていた。

「お前さんの子、じゃないな」

いきなり肩越しに年取ったがらがら声が降ってきた。

振り向くと、小柄な老婆がお倫の顔を覗き込んでいた。

「ちっとも似てない。それに歳も歳だしの」

ずかずか言うその老婆に、お倫はプイと横を向いた。

「すまんな、口が悪くて」

「口が悪いで済ますんですか」

「何だ、オラの見込み違いだったか」

「………?」

「お前さんは、世間の荒波をくぐり、人も見てきた、そんな風に見えたんだが、オラの目は節穴だったか」

ずけずけ言ったあとは、人の心をくすぐる。

「おばあさん、八卦見《はっけみ》?」

「取上《とりあ》げ婆《ばば》だ」

意外だった。

「大事なお務めをしているのね」

「ちゃんと面倒をみなされや。子は宝だ」

老婆はそう言い置くと、矍鑠《かくしゃく》とした足取りで立ち去った。

それは、おぶった赤児をあやしながら、三味線堀《しゃみせんぼり》沿いの道から御徒《おかち》組の屋敷町に入った時だった。

「なぜその人を尾《つ》けるのですか」

お倫の背後で、きりっとした女の声がした。

振り返ると、中間風の男の前に立ち塞《ふさ》がる武家女の背が見えた。

その男に尾けられていたことに、お倫はまったく気づいていなかった。

「どきな。どかねえと怪我するぜ」

「怪我をするのはどちらかしら」

「何だと、このアマ」

いきなり男が拳《こぶし》を突いてきた。

すると、女は男の手首を摑《つか》むや、大きく体を捻《ひね》りながら男を横転させた。

何が起きたのかわからぬ様子でぽかんとしていた男が、

「なめた真似しやがって」

と、立ち上がりながら匕首《あいくち》を抜いた。

女は両手を背後に回した。

男が突きかかった。

女の右手が光を放ちながら弧を描いた。

金属音がして、地べたに男の匕首が落ちた。

女の右手には懐剣が握られていた。

帯に忍ばせた懐剣を、左手で鞘尻《さやじり》を押さえながら、右手は逆手で引き抜いていたのである。

「さあ、次は刃物を叩《たた》き落とすだけではすみませんよ」

女に喉元《のどもと》まで懐剣を突きつけられた男は蒼褪《あおざ》め、尻尾《しっぽ》を巻いて逃げ出した。

「口ほどにもない奴ですね」

女は懐剣を鞘に納めて元のように帯に仕舞うと、にっこりと振り返った。

「お倫さん、お久しぶり」

「お桐《きり》さん……」

お倫は呆気《あっけ》にとられてその女を見詰めた。

髪は丸髷《まるまげ》、年の頃は二十三、四、強い意志を秘めた黒い双眸《そうぼう》のその武家女のお桐は、孫六の亡き妻結衣の妹である。


孫六は〈柚子〉の板場で仕込みをしていた。

「お倫さんに何もかも任せっきりじゃ申し訳がねえんでな」

お倫が帰ったものとばかり思ったら、格子の向こうに珍しい顔があった。

「こんにちは、義兄上《あにうえ》、じゃなかった義兄《にい》さん」

「お桐じゃねえか」

孫六は手を止めて土間に出た。

お桐は、御先手《おさきて》同心高柳《たかやなぎ》家の次女。二十歳で同組の家に嫁いだが、子なきは去れと、嫁いで三年で離縁された。離縁後は役宅には戻らず、日本橋若松町《にほんばしわかまつちょう》で一人暮らしをしている。歳を重ねても清楚《せいそ》で気品がある。

お倫が孫六に、中間風の男に尾けられたのを、お桐が助けてくれたのだと話す。

「お桐は小太刀の名手だからな。ありがとよ、お倫さんを助けてくれて」

孫六が言う通り、お桐は請われれば武家の子女に小太刀の手解《てほど》きをするほどの腕前である。

「けど、男勝りも程々にしろよ。いつまでも――」

「そんなじゃじゃ馬だと嫁の貰《もら》い手がない、ですか。耳にたこができました。義兄上のお説教には」

「誰もそんなことは言っていねえじゃねえか、僻《ひが》むな」

「僻むですと？　まあ、酷《ひど》い仰《おっしゃ》りようですこと」

「孫さん」

お倫がたしなめた。

「今日は、俺に何か用事か」

「いいえ。そこまで来たら、こんなことになっただけです」

「俺が元気か心配して来てくれたんじゃねえのかい」

「お生憎《あいにく》様」

「お倫さん、お桐に出がらしの茶でも淹《い》れてやってくんな」

お桐が肩を竦《すく》め、お倫も噴き出す。

「しかし、何でその中間はお倫さんを尾けたりしたんだろう」

「それがわからないんだよ。何も身に覚えがないし」

言葉とは裏腹に茶を淹れるお倫の手が止まった。何か思い浮かべている様子だ。

そこへ三吉が駆け込んできた。

「親分、みつけましたよ、怪しい侍を。着物に血が付いて引き裂きのある侍が古着を買って行ったそうです」

「どんな侍だって？」

「深編笠《あみがさ》を取らねえんで顔はよくわからなかったが、どこかの家中《かちゆう》じゃねえかと、富《とみ》沢町《ざわちよう》の古着屋のおかみが言ってました」

日本橋富沢町も有名な古着屋街である。

「買ったのはどんな着物だ」

「赤茶色です」

「えっ」と、お倫が小さく声に出した。

「お倫さんと一緒にいた侍が赤茶色の小袖《こそで》だったな」

お倫が怪訝《けげん》な顔を孫六に向けた。

「すまねえ、声を掛けちゃ悪いと思って、見て見ぬふりをしたんだ」

「嫌ですねえ、昔の知り合いと二言三言、立ち話をしただけですよ」

「そうかい、そいつは余計な気を遣っちまったな」

「それより孫さん、その人も中間風の男に尾けられていたんだよ」

「あの侍も？　差し支《つか》えなければ、その侍の名前を教えちゃくれねえか」

「丹羽様です、丹羽新三郎様、笛木新庄家のご家中です」

「お倫さん、お桐と会う前に誰かと会っちゃいなかったかい」

「八卦見みたいなことを言うお産婆さんに声を掛けられたけど」

「産婆？　取上げ婆か。どこの何て婆さんだい」

「ごめんなさい、名前は聞きそびれたわ」

「中間はその取上げ婆を見張っていたんだ」

「親分、どうして中間が取上げ婆を見張るんですか」

　三吉が訊《き》いた。

「そのあとの中間の動きを見ればわかるだろう」

「姐《あね》さんを尾けたんでしょ？　ますますわからねえ」

「中間の目当てはお倫さんじゃねえ、背中の赤ん坊だ」

「あっ、そうか」

「三吉、ついて来な」

「どちらへ」

「現場百遍だ。お桐、ゆっくりして行きな」

孫六は十手を取りに自室に向かった。

孫六を見送るお桐が「言いそびれた」と呟《つぶや》いた。

孫六は三吉を連れて、侍同士の斬り合いがあった昌平河岸に近い湯島横町界隈《かいわい》を虱《しらみ》潰《つぶ》しに聞き込みをした。

手掛かりは二つ、取上げ婆《ばば》と赤児の泣き声だ。

「ふた月ほど前から赤児の泣き声が聞こえる家はないかい」

すると、鍛冶屋《かじや》の夫婦が外まで出て来て、指を差しながら教えた。

「黒い屑籠《くずかご》が見えますか。その向こうの川縁《かわべり》にぽつんと建ってる家です」

「裏に小舟が繋《つな》いであるからすぐにわかります」

「取上げ婆の名前、聞いたことがねえかな」

「お徳《とく》婆さんじゃねえかな。お咲坊を可愛がっていたっけ」

「お咲というのは？」

「まだ十四、五の手伝いの娘っ子です。毎日、赤児をおんぶしてもらい乳に行ってました。母親が出なかったみたいで、おっぱいが」

「赤児のもらい乳……？」

「でも、母親の顔は見たことがないんです、ですから名前も」

「どこかのお武家様か大店《おおだな》の、それも病がちの箱入り娘なんじゃねえかと二人で話してました。な？」

「たまにお侍が出入りしていたよね、お前さん」

「侍が……？　色々聞かせてくれてありがとよ」

孫六と三吉は教えてもらった家に向かった。

少し奥まったところにその家はあった。

孫六が油断なく身構え、三吉がそっと入口の戸を開けた。

人の気配はなく、土間から板の間にかけて乾いた足跡がいくつも残っていた。

(家捜しをした跡だな……)

家の裏手に回ってみたが、小舟は繋がれていなかった。

「三吉、家主のところに行って借主を調べてこい。俺はお徳に会う」

「合点で」

孫六は取上げ婆の伝手《つて》を頼り、神田八名川町《やながわちょう》のお徳の家を突き止めた。

腰高障子の戸口まで寄って声を掛けようとしたが、異変を感じて咄嗟《とっさ》に身を屈《かが》めた。息を殺し、障子の破れの隙間から家の中を窺《うかが》った。

土足のまま上がり込んだ武士が三人、お徳を問い詰めている。

「あの女は何者だ」

「どこの女だ、言え」

「存じません」

「われらに盾を突くと、痛い目に遭うぞ」

「言え、赤ん坊を連れたあの女はどこの何者だ」

男たちはお倫の素性を、いや、赤児の居場所を突き止めようとしていた。

一人が鞘《さや》ごと抜いた刀の鐺《こじり》でお徳の太腿《ふともも》をぐりぐりと痛めつける。

「ううっ、本当に何にも存じません」

孫六は堪《たま》らず、戸を開け放った。

「およしなせえ」

虚を衝《つ》かれた三人の武士が顔を強張《こわば》らせて振り向いた。

「大の男が三人も寄ってたかって年寄りをいたぶるとは醜うござんすよ」

「何だと」

「歴《れっき》としたお武家様が、取上げ婆をつかまえて一体何をなさっているんで」

「その方の知ったことか」

孫六は油断なく三人の動きに目を配る。

「あまりご無体な真似をなすっちゃ、笛木新庄家の名に傷が付きますぜ」

鎌を掛けると三人の表情が動き、いきなり一人が斬りかかってきた。

孫六は素早く引き抜いた十手でがしっと受け止め、それを撥《は》ね返した。

「図星だな。あっしまで口封じですかい」

「なに」

「顔色が変わったぜ。四日前の晩、昌平河岸の川っぷちで、赤児を連れた娘を手に掛けたのはお前さん方だろ」

「死ね」

さらに斬りかかる刃《やいば》を躱《かわ》す。

「とうとう、お前さん方が笛木新庄家ゆかりの者であり、お咲を斬った下手人だと認めやがったな。今度はこっちから行くぜ」

孫六が攻め込み、十手が舞う。

肩口を、腕を、弁慶の泣き所である脛《すね》を強打し、その額を打ち据えた。

「屋敷に戻って水で冷やしな。でっかいたんこぶが出来るだろうぜ」

激痛に苦悶《くもん》し、転がっていた三人の武士は、這《ほ》う這うの体で逃げ去った。

孫六は、土間に落ちていた印籠《いんろう》を拾い、袂《たもと》に入れた。

「怪我はねえかい、お徳さん」

「ありがとうございました、親分さん。命拾い致しました」

「俺は孫六って者《もん》だ。頼みがあって来たんだ」

「何でございましょう」

「ある仏の顔を検《あらた》めてもらいてえんだ。番屋まで足を運んじゃもらえねえか」

孫六は事件の仔細《しさい》は語らず、用件のみ言った。


孫六はお徳を花房町の番屋に連れて行った。

土間の片隅に置かれた仏の傍に立て膝《ひざ》を突くと、筵《むしろ》を捲《まく》った。

白髪頭の番太郎が気をつけて綺麗《きれい》にしてくれているが、それでも体内に残った血が滲《にじ》み出て着物に赤黒くこびりついていた。

「お咲ちゃん……」

がらがら声を掠《かす》れさせて、お徳が孫六の脇に膝を突いた。

「お咲に間違いねえんだな?」

「はい……変わり果てた姿になっちまって……」

ぎゅっと閉じた目許《めもと》から、つうーと、涙がこぼれた。

「お志野さんは乳が出なくてな、お咲ちゃんが赤児をおんぶして、遠くまで毎日、もらい乳に行っていたんだ」

「志野というのは赤児の母親で、お咲は志野の身の回りの世話をしていたんだな」

「佐倉《さくら》の水郷の船頭の娘でな、そりゃ、明るくて元気な娘だった。この間、お咲ちゃんじゃない人が子守りをしていたので、具合でも悪いのかと心配してたんだ」

お咲ではない人とはお倫のことだろう。

「血の海の中から生まれてくる赤児を取り上げるのがオラの務めだが、先のある若い娘がこんなに血だらけになって、こんなに惨《むご》たらしく亡くなるのを見るのは、本当に辛《つら》い、辛いです……」

お徳は両手で顔を覆い、わーっと声を上げて泣いた。

孫六は筵を被《かぶ》せて手を合わせると、番太郎を振り返った。

「とっつぁん、世話になった、ありがとよ」

「身許がわかってよろしゅうございました」

「これで仏も浮かばれる。故郷《くに》の両親に知らせて迎えに来てもらう。お徳、ありがとよ、恩に着るぜ。辛い思いをさせちまって、すまなかったな」

孫六はお徳を表まで送りに出た。

「お徳、赤ん坊は俺の家にいるんだ。元気にしてるから安心してくんな」

「それはお情け深いことで」

「なに、お志野がみつかるまでの親代わりよ。さっき、お咲じゃねえ女が子守りをしていたと言っていたな。あれはお倫さんといって俺の同居人なんだ」

「そうかね、それなら尚更《なおさら》慈しんでもらえるな、よかった」

「尚更？」

「そのお倫さんとは元鳥越の梅林寺で会ったんだ。知らんかね、赤い前掛けをしたちっちゃなお地蔵さんがずらっと並んで、色とりどりの風車が回っているお寺を。お倫さんはそこで手を合わせていなすった」

孫六は胸を衝かれた。

梅林寺の小さな地蔵群と言えば、有名な水子地蔵尊である。

お倫にも、人に言えぬ辛い過去があったようだ。

（もしや、旧知だという丹羽新三郎との間に……）

孫六はすぐにその想像を打ち消した。

下世話な想像がお倫を傷つける気がしたからだ。

「お徳、赤ん坊の顔を見に来てくんな。神田相生町に〈柚子〉って四文屋がある。古びた店だが、そこが俺の家だ。近くで聞いてもらえばすぐにわかる」

お徳は今一度番屋の中に向かい合掌して帰った。

しばらくして、三吉が戻って来た。

「あの家を借りたのは侍でした。素性はわかりません。ゆえあって家名は差し控える、そう言われたらしくて」

「つまり、いずれかの大名の家中ということだな」

「身許のはっきりしねえ者に貸すのはまずいんじゃねえかと、主人を問い詰めたら、たんまり礼金を弾んでいただいたものですから、えへへへ、とこうで」

「三吉、前置きはいいや。その借主の侍の名前は」

「丹羽新三郎です」

(やっぱり丹羽だったか……)

「死んだ娘はお咲って言いまして」

「佐倉の水郷の船頭の娘だな」

「あれ、よくご存じで。そのお咲のことですが、変な男ですよ、その丹羽って侍は」

「どう変だというんだ」

「丹羽から身の回りの世話をする下働きの娘はいねえかと頼まれて、家主が馴染《なじ》みの口入屋を紹介したんだそうです。丹羽は、舟を漕《こ》げる娘はいないかって、口入屋に訊《き》いたそうで」

「ちょうど佐倉から江戸に出て来たお咲が紹介されたってわけか。如何《いか》にも奇妙な話だが、これですべてが結び付いたぜ」

　湯島横町の家を借りたのは笛木新庄家家中の丹羽新三郎。その家に住んでいたのは志野、志野の身の回りの世話をしたのがお咲。志野は家主に素性を隠し、ひそかに赤児を出産した。その赤児を取り上げたのがお徳だ。

　あの晩、刺客に襲われ、手傷を負った新三郎はよ組の清吉に助けられ、お咲は傷を負いながらも力を振り絞り、赤児を乗せて舟を漕ぎ出した。お咲と赤児を乗せた舟は和泉橋の下に流れ着いたが、そこでお咲は力尽きた。

　一度はその場から立ち去った刺客らは、よ組の清吉の家に担ぎ込まれた新三郎と、取上げ婆《ばば》のお徳を中間に見張らせた。

　志野は、危機を察知した新三郎が前もって逃したのだろう。

　新三郎は、その裏手に神田川が流れる川縁《かわべり》の人目につきにくい家を選び、志野の身の回りの世話をする下働きの娘には舟を漕げるお咲を雇った――

　あたかも刺客の襲撃を予測していたかのような用心深さと用意周到ぶり――

　事件の裏にあるものが見えてきた気がする。

「お志野は笛木新庄家に深い関わりがあるに違いねえ。今、どこにいるのか……」


　その夜、看板の後――

すやすや眠る赤児の寝顔を見ながら、孫六とお倫が板の間に腰を下ろして茶を飲んでいた。

黒縞《くろじま》の仔猫《こねこ》が物珍しそうに前足で赤児の頬を叩《たた》いている。

「こら、藤丸《ふじまる》、長坊を起こすんじゃねえよ」

娘掏摸《すり》の朱実から預かった仔猫を、孫六が藤丸と名付けた。

「取上げ婆のお徳が、お倫さんなら赤ん坊を慈しんでくれるって言ってたよ」

「お徳、さん……？」

「梅林寺で会ったんだってな、お徳に」

すぐにその意味を察したらしく、お倫が目を落とした。

「お倫さんにも辛い昔があったんだな」

「後にも先にも一度だけ、添い遂げたいと思う人に巡り合い、その人の子を身籠《みご》りました……」

「その人が丹羽新三郎様だったんだな」

「ええ」

「深川で一番人気のぽん太姐《ねえ》さんと、冷や飯食いの三男坊。そりゃ、色々あったに違いねえ」

「でも、その子はこの世に生まれて来れず、あたしは二度と子どもの産めない体になってしまったんです……」

「新三郎様は、お倫さんが身籠ったことや悲しい目に遭ったことを知っていなさるのかい？」

お倫は淋《さび》しそうに首を横に振った。

「あの日、どうして梅林寺に行く気になったのか、自分でもよくわからないんですよ。独りで行く勇気がなくて、長坊に一緒に行ってもらったんです」

「………」

「お地蔵様に手を合わせている内に、あの子にしてあげられなかった分、少しでも長坊の面倒をみてあげたい、そう思ったんです」

「お倫さん……」

孫六はお倫の気持ちに打たれた。

そして、迷った。

(あとにするかな……)

掌《てのひら》の中で湯呑《ゆのみ》を回しながら言葉を探すが決断がつかず、話題を変えた。

「お桐はあの後すぐに帰ったのかい」

「ええ」

「何か言ってなかったかい」

「言ってました」

「ん？　何だって？」

「縁談が正式に決まったんですって。孫さんにそう伝えてって言ってました」

「よかったじゃねえか。そんなめでてえ話を、何で言ってくれなかったんだ。なあ、お倫さん」

「言いたくなかったのか、言えなかったのか」

「どうして」

「どうしてって、うまく言えないけど……」

お倫は探るように孫六の顔色を窺《うかが》い、言い澱《よど》んだ。

「いい話だ、よかったじゃねえか」

己に言い聞かせるように孫六は言った。

ふっと、胸の奥をすきま風が吹き抜けたような気がした。

（よかったじゃねえか……）

心の中で繰り返した。

「孫さん、さっき、何か言おうとしていたんじゃない？」

気を利かせるように、お倫が水を向けた。

「実はな、赤ん坊の母親がわかったんだ」

お倫が、得も言われぬ目の色をして孫六を見詰め返した。

「志野という女だ。詳しい話は省くが、赤ん坊は刺客に襲われた」

「刺客……」

「その赤ん坊の命を護《まも》ろうとしていたのが、丹羽新三郎様なんだ。これも人の巡り合わせなんだろう」

「刺客とか、どういうことなの、孫さん」

「新庄家で何かが起きているに違いねえ」

5

その翌日——

「お願い申し上げます」

木挽町築地の笛木新庄家上屋敷の脇門に寄って、孫六は呼び掛けた。

「何者だ」

邸内から声が返った。

「神田相生町で四文屋を営んでおります孫六と申します」

「商人が何用だ」

「昨夜、こちらのご家中が三人お見えになりまして、どちら様かが印籠《いんろう》をお忘れになりましたのでお届けに上がりました」

本当はお徳の家で拾ったのだが、嘘も方便だ。

暫時あって、脇門が開き、門番の武士が出て来た。

「見せろ」

「へい」

袂《たもと》から拾った印籠を取り出して見せた。

「渡せ」

門番の武士が居丈高に手を差し出した。

「ご本人様に直《じか》にお渡し致してえんで、お取り次ぎを」

「家臣は何十人もおるのだ。左様なことで手を煩わすことは出来ぬ」

「お手間は取らせません。ちょいとご家中にお声を掛けていただければ、すぐにわかります」

「なに」

「三人が三人とも、ここに大きなたんこぶを拵《こしら》えていると思いますので」

孫六が人差し指を額に当てて、男をひたと見据えた。

孫六の言葉の意味を知ってか知らずか、男は忌々し気に引き返し戸を閉めた。

それっきり二度と門は開かなかった。

孫六は印籠を掌の上で一つ弾ませ、袂に戻した。


さらにその翌日の昼下がり——

孫六は北町奉行の榊原主計頭忠之《さかきばらかずえのかみただゆき》から急な呼び出しを受けた。

その類稀《たぐいまれ》な十手術を惜しみ、岡っ引きとして奉行所に呼び戻したのが榊原であり、孫六と名乗らせたのも榊原だった。八代将軍吉宗《よしむね》の命を受け、三十を超す流派の十手術を体系化した三河《みかわ》吉田《よしだ》藩士亀井《かめい》孫六になぞらえたのである。

腰の十手も榊原から直々に下げ渡されたもので、房は江戸で唯一の紺色である。

奉行所の門前で木之内が腕組みをして立っていた。

「木之内様」

「おぬしに手札を渡している俺も同席せよとのお達しだ」

「それは申し訳ございません」

孫六と木之内は一室に通された。

「何か心当たりはあるのか」

木之内が小声で訊《き》いた。

「いえ、ございません」

町奉行直々の急ぎの呼び出しとあれば、用件は大事《おおごと》に違いない。とすれば、思いつくのは新庄家に関わることかと思ったが、口にしなかった。

やがて、榊原が表情一つ動かさず姿を見せて上座に着き、淡々と語った。

「本日、美濃《みの》笛木新庄家江戸次席家老《がろう》よりご老中《ろうじゅう》方に訴えがあり、即刻、ご老中方よりご沙汰《さた》があった」

孫六と木之内は、ちらと、目を見交《か》わした。

「江戸屋敷の門前をうろちょろ嗅ぎ回る岡っ引きがいるゆえ、直ちに止めさせよ、それが訴えの内容だ。孫六、新庄家江戸屋敷の門前をうろちょろ嗅ぎ回るな、手を引くがよい」

「うろちょろ嗅ぎ回るとは、あまりなお言葉」

「控え、孫六。ご老中のお達しである」

「はっ」

「ご老中のお言葉を、北町奉行のわし如《ごと》きが歪《ゆが》めるわけには参るまい」

「ごもっともで」

木之内が間に入った。

「確かに申し伝えたぞ」

腰を浮かそうとする榊原を孫六は呼び止めた。

「何か申したき儀があるのか」

「六日前の晩、お咲という年若い娘が刺客に斬られ、命を落としました。刺客は非道にも、娘が連れていた赤児の命さえ亡き者にしようとしたのです」

「…………」

「お咲は身を挺《てい》して刺客の凶刃から赤児を護り、若い命を散らせました。その刺客は新庄家江戸屋敷の者なのです」

「確かか」

「誓って、間違いございません。お咲が命懸けで護った赤児は、あっしが預かっております」

「なに……」

「娘を斬った下手人には裁きを与えなきゃならねえ。どんな訳があるのか知らねえが、この世に生まれたばかりの赤児の命を奪おうとするなど、もってのほかだ。そんな無慈悲な輩《やから》を、あっしは断じて許すことはできねえ」

「…………」

「事件は昌平河岸で起きました。町中で起きた事件は町方の手で解決する、それが決まりでございます」

「…………」

「お咲の身許《みもと》がわかりましたので、故郷《くに》の双親《ふたおや》に報《しら》せました。辛《つら》い思いをかかえて双親が近いうちに娘の遺骨を引き取りに参ります。それまでに、何としてでも下手人を取っ捕まえてやりてえ、そう心に決めております」

「孫六の思いはよくわかった。ご老中方のお言葉を重ねて申し伝える。新庄家江戸屋敷のご門前をうろちょろ嗅ぎ回るではない。よいな。穏便こそ肝要だ」

言い置いて、榊原は部屋を辞した。

「いつものお奉行のお言葉とも思えねえ」

孫六は唇を嚙《か》んだ。

木之内が膝《ひざ》を崩し、胡座《あぐら》になる。

「らしくねえな、孫六。悪への怒りで、目が曇り、耳に逆らうか。裏を読まねえかよ、裏を」

「と申しますと？」

「お奉行はこう仰せられた。新庄家江戸屋敷の門前をうろちょろ嗅ぎ回るな、と」

木之内が笑みを向けた。

ようやく思い至った孫六は照れて頭に手をやった。

「こいつは旦那《だんな》に一本取られました。どうも頭に血がのぼっちまって」

「今日は俺の方が冴《さ》えていたかな」

木之内が笑みを消し、真顔になる。

「それさえしなけりゃ、あとは勝手次第、そういう謎かけだ。お前の頭の中に浮かんでいる言葉を当ててみようか。御家騒動」

「図星でございます」

「子のない主君の世継ぎを巡る御家騒動なんてことが露見すれば転封《てんぽう》だ改易《かいえき》だと、大騒ぎになりかねねえ。今の泰平なご時世、そんなことがあっては困るのだ、ご公儀としては」

「…………」

「穏便な内に事が収まれば良いのだ、世間に知られぬよう、穏便にな」

「容易じゃございませんね」

「孫六なら出来る。おっと、らしくねえのは俺の方だったかな、あはははは。しかし、物わかりがいい役回りというのは思いの外《ほか》気持ちがいいものだな、あはははは」

木之内の豪快な笑いに、気持ちが和む孫六である。

北町奉行所からの帰途、孫六は往来でお桐とばったり会った。

「また、そんな難しい顔をなさって」

「お桐、何で直《じか》に俺に言ってくれなかったんだ」

「だって、義兄《にい》さんったら、あの時も今みたいに難しいお顔をなさってて。とても言えませんでしたわ」

「そりゃ、すまなかったな。お桐、おめでとう、よかったな」

「ご心配をお掛けしました」

「いい人なんだろうな、相手の人は」

「父上や親戚《しんせき》の評判はいいみたい」

「だったら心配ねえさ。祝言の日取りが決まったら早めに教えてくんなよ」

「はい、心得ました……義兄さん、お倫さんのことですけど」

「ん？　お倫がどうした」

「いつかは手放さなければなりませんよね、あの赤ちゃん」

「そうだな」

「でしたら、あんまり情が移らないようにした方が。赤ちゃんの世話をするお倫さん、まるで母親の顔ですよ」

「お倫さんだって、端《はな》っからわかってるさ、いつかは別れの時が来るってな」

「だったら」

「お桐、もう少しだけ夢を見させてやってくんな。頼むよ」

「やっぱり義兄さんは優しいわ。ごめんなさい、余計な口を挟んで」

「いいってことよ」

（お倫さんばかりじゃねえんだ、この俺も夢を見ているのさ……）


開店前の四文屋〈柚子〉の表戸を叩《たた》く音がした。

裏庭で、ねんねこを背負い洗濯ものを干していたお倫が気づいて土間に戻った。

表戸は低く叩き続けられている。

「どなたですか」

「お倫、私だ」

「新三郎様」

お倫が戸を一尺ばかり開けた。

戸口に深編笠《あみがさ》を被《かぶ》った丹羽新三郎が立っていた。

新三郎の目が、お倫の背中の子を捉《とら》えた。

「話がある」

「どうぞ」

お倫は新三郎を招き入れて、戸を閉めた。

新三郎は笠を取るなり口を開いた。

「お倫、その赤児を渡してくれ。その赤児は殿の御子、若子《わこ》なのだ」

「………………！」

新三郎は、藩内の事情を、つまり御家騒動を手短かに話して聞かせた。

つまり――

権勢欲の強い国家老は己の娘を殿の側室に据えると、思惑通り、娘は殿の子を産んだ。孫が世継ぎになると、わが世の春を確信した矢先に、国家老一派である江戸次席家老を通じて、志野の存在並びに懐妊、出産を知った。さらにその志野が殿にも正室にも覚えめでたいと知る。このままではお世継ぎは志野の子になる――焦りを覚えた国家老は江戸次席家老と結託して、志野の子を亡き者にせんと謀った。

お倫は、自分の住むところとはあまりにかけ離れた世界で起きている出来事をぼんやりと聞いていた。新三郎の声は、次第にお倫の耳から遠くなっていった。

「お倫」

新三郎の強い呼び掛けに、はっと、我に返った。

「その子を私に渡してくれ」

「お断り致します」

声がして、表戸が開いた。

孫六だった。

「お話は表で聞かせていただきました。丹羽様、お世継ぎをめぐる騒ぎを、お殿様はご存じなんで？」

「無論だ」

「お殿様はどう決着なさるおつもりで」

「志野の子をご正室の子として育てる。すなわち、お世継ぎとするご意向だ」

「では、そのようにしっかりと御家の中をまとめていただいてから、改めてお運びくださいまし」

「なに」

新三郎がいくらか色を作《な》した。

「ご主君一派だ国家老派だなどと、刀を振るっての命のやりとり。そんな物騒な中に、どうしてその子をお返しできましょう。ごたごたを収めてくださいまし、そいつが先だ。そうでなきゃ、その子が可哀相だ」

「…………」

「それまで、長坊はあっしとお倫さんとでお預かり致します」

「長坊……」

「どうぞ、お引き取りを」

孫六が体を斜《はす》にして、新三郎を戸口へと促した。

新三郎は黙って引き上げた。

「孫さん……」

孫六は黙って頷《うなず》き返した。

赤児が泣き出した。

「おっと、長坊が呼んでら。おしめだろ」

お倫がねんねこの中に手を入れて赤児の尻《しり》を触る。

「孫六とうちゃん、当たり」

「あたぼうよ、その泣き方はおしめに決まってら」

ねんねこを下ろして赤児を板の間に寝かし、いそいそとおしめを替えるお倫を、孫六は切なく見詰めた。

殿様の子で男児となれば、どんな子であれ世継ぎ候補の一人。それは武家社会の掟《おきて》である。

今日のところは新三郎を引き下がらせたが、いずれは赤児を手放す時が来る——それは孫六もお倫も重々わかっていた。


その日の夜更け——

孫六は鎖帷子《くさりかたびら》を着込み、きりりと襷《たすき》をした。

ずしんとした鎖帷子の重みは、同心の時以来、久々の感触だった。

支度を終えると、結衣の位牌《いはい》の前に坐《ざ》して、気持ちを集中した。

ふと、耳許《みみもと》に異音が忍び込んだ。

すっくと立ち上がると、紺色の房の十手を腰に落とした。

隣の小部屋に行くと、片膝《かたひざ》を突き、声を抑えて「お倫さん」と呼び掛けた。

お倫は赤児を寝かしつけながら、つい、うとうとしていた。

「長坊を連れて俺の部屋に隠れるんだ、早く」

お倫を急《せ》かして自室に送り込む。

「出て来るんじゃねえぜ」

襖《ふすま》を閉めると、小部屋の行燈《あんどん》を手にした。さらに小部屋の障子も閉じて、土間に降り立った。

表戸がぎしぎしと軋《きし》み、揺れている。

金具でこじ開けているようだが、手こずっている。

やっと戸が外れ、先陣を切った黒い人影が踏み入ろうとして蹈鞴《たたら》を踏んだ。

行燈の薄明かりの脇に立つ孫六を認めたからだ。

続いて十人近い黒覆面の武士が店内に押し入り、散開、無言で鞘《さや》を払った。

抜き身が行燈の明かりを反射して、淡い蜜柑色《みかんいろ》の光を幾筋も放った。

孫六は十手を青眼に構え、油断なく刺客らの動きに目を配る。

「国家老と江戸次席家老の息の掛かったお歴々だな、丹羽新三郎様の動きを察知して、力尽《ちからず》くで赤児の命を奪いに来やがったか。待っていたぜ」

「息の根を止めてやれ」

首領格の男が低く冷ややかに命じた。

一人が上段から刃《やいば》を振り下ろした。

孫六は受け止めた十手に左手を添えて耐え、刃を撥《は》ね返す。

「闇討ちとは笛木新庄家の名に傷が付きますぜ」

「死ね」

さらに斬りかかる刺客の刃を身を躱《かわ》しながら十手で撥ね返す。

「静かにしろいっ、上で赤児が寝ているんだ」

孫六の巧みな誘導と気づかずに、刺客の目が鋭く板の間の奥の階段に注がれた。

孫六は土間の中央に、どっしりと、立ちはだかる。

「ここは一歩たりも通しやしねえ。しがねえ岡っ引きのこの命一つ、むざむざ散らせるわけにはいかねえんだ。油断しねえで掛かってきやがれ」

右腕と左腕を胸の前で交差させた。

〈破邪顕正《はじやけんしよう》の型〉の〈邪〉の構えである。

乱闘、多勢に無勢。

肩口に迫る白刃を躱し切れず、さすがの孫六も覚悟をした。

がしっと、金属音が鳴った。

刺客の刃は着込んでいた鎖帷子を斬って、刃こぼれがした。

ひるんだ相手の懐深く飛び込み、その脳天を打ち据えた。

その時、戸口で「うわっ」と呻《うめ》き声がした。

「孫六殿」

割って入った丹羽も襷を掛け、股立《ももだち》を取っている。

「孫六殿、笛木新庄家の内紛に巻き込んでしまい、すまぬ」

「そんな話は後ですぜ。丹羽様、油断なさらねえでくだせえよ」

迫り来る白刃を受け止めた。

十手鉤《かぎ》で刀身の自由を奪いながら素早く足払いで横転させると、すかさず、その肩口を打ち据えた。

隙を衝《つ》いて、黒覆面が一人、土間を突っ切り、二階への階段を駆け上がった。

孫六は、さらに一人、二人と眠らせた。

二階に上がった男が慌てて駆け下りた。

「誰もおらぬ」

「謀りおって。その部屋を検《あらた》めろ」

首領格の男が低く命じた。

刺客たちが小部屋に押し掛けんとした。

新三郎がそれを阻止せんとして、刃を浴びた。

「うわっ」

刺客の一人が小部屋と奥の部屋の間の襖を開けた。

「いたぞ」

声を張った刺客を、新三郎が背後から横に薙《な》いだ。

だが、その隙を衝かれ、新三郎は、さらに二の太刀、三の太刀を浴びた。

「新三郎様」

お倫が悲痛な声を上げた。

「丹羽様」

孫六は倒れた新三郎を庇《かば》い、十手を構えた。

首領格の男が鞘を払い、猛然と斬りかかった。

それを顔面ぎりぎりで受け止めると、そのまま鍔《つば》迫《ぜ》り合いに持ち込むや、早技を繰り出した。

左手で男の脇差を奪い取りながら、相手の左の腰の辺りを強打したのである。

激痛に顔を歪《ゆが》めた隙を衝いて、十手が男の首を打ち据えた。

息を詰まらせた男の体から力が抜け、孫六の駄目押しの一打で昏倒《こんとう》した。

「静まれ、静まれ、静まれ」

大音声を上げて駆け込む木之内の露払いで、榊原忠之が姿を見せた。

「この御方は北町奉行榊原主計頭様であるぞ」

陣笠《じんがさ》を被《かぶ》った榊原が、ずいと、前に出た。

「新庄家のご家中とお見受け致す。夜更けに民家に押し入り、白刃を振り翳《かざ》しての乱暴狼藉《ろうぜき》、上様のお膝元《ひざもと》での乱闘騒ぎ。この榊原、しかとこの目で確かめた。わしが目にしたありのままをご老中方に言上致す。ご主君ともども首を洗って待つがよろしかろう」

「お待ちください、お奉行殿。これは私闘、私の闘いでござりまする」

血塗《ちまみ》れの新三郎が苦しい息の下で言い、榊原の前に手を突いた。

「私闘？」

「ここにおる者は誰一人として新庄家の家中にあらず、主人を失った浪人ばかりでございます」

「浪人とな」

「拙者、丹羽新三郎も同様の身。それがし、そこなる仁志昌司郎《にししょうじろう》に遺恨あり、私闘に及び申した。どうぞ奉行所に引き立て、浪人として吟味くだされ。お願い申し上げる。

ごめん」

「丹羽様」

孫六の制止する声も虚《むな》しく、新三郎は片膝を立て、刃を腹に突き立てた。

「お願い、申し、上げ……」

ばたりと倒れ伏し、新三郎は息絶えた。

お倫の口許が「新さん」と動いた。

「浪人どもを引っ立てぃっ」

榊原の命令で、捕方が次々と刺客らに縄を打った。

「孫六、怪我はないか」

榊原がいたわった。

「へい、お蔭様《かげさま》で」

「丹羽新三郎なる者、孫六、その方に預ける」

言い置いて、榊原は引き上げた。

木之内が残って、小声で言った。

「俺に何か出来ることはないか」

孫六は黙って首を横に振った。

木之内は店の中をうろうろしながら、

「しばらく店が開けられぬな。数日間の売り上げの補塡《ほてん》と家の修理代が要る」

と、独り言のように言うだけ言って引き上げた。

「お倫さん、丹羽様を綺麗《きれい》にしてやってくれねえか」

孫六は自室に引き上げた。

お倫に丹羽新三郎との別れをさせてやりたかったからだ。

孫六は襷《たすき》を取って、結衣の位牌《いはい》に向き合った。

(哀しい巡り合わせになっちまったよ、結衣……)


美濃笛木新庄家から特段の異議はもとより何らの申し出もなく、生け捕りにした刺客らは浪人として吟味された。榊原は、御府内で徒党を組むとは言語道断であり厳罰やむなしと、全員に死罪を申し渡した。

6

数日後――

孫六は〈柚子〉の小部屋で胡座《あぐら》をかいて赤児を抱き、あやしていた。

傍で三吉がおかしな顔を拵《こしら》えて赤児を覗《のぞ》き込んでいる。

「よさねえか、三吉。まるで出来損ないの福笑いじゃねえか。長吉が悪い夢でも見たらどうしてくれるんで」

「酷《ひど》い言い方しますねえ、親分も」

三吉がむくれた。

一方、お倫は、赤児にもらい乳をしてむくろじ長屋から帰ってからは、洗い物をしたり、板の間に雑巾掛《ぞうきんが》けをしたり土間を掃いたり、裏庭で水を汲《く》んだりと、動きっ放しである。

「姐《あね》さん、姐さん」

「なんですよ」

「こっちで一休みしませんか、さっきから働き詰めじゃありませんか」

「忙しいんですよ」

お倫は素っ気ない。

「やっぱり赤ん坊と別れるのが辛《つら》いんでしょうねえ」

「三吉、わかり切ったことを口にするんじゃねえよ」

時の鐘が鳴り始めた。

孫六は思わず耳を澄まし、洗い物をするお倫の手が止まった。

「そろそろ迎えが来る頃だ。ひとっ走りして様子を見て来てくれねえか。俺にも心構えってもんが要るからな」

孫六は敢《あ》えて明るく戯《おど》けてみせた。

「合点で」

「お倫さん、ちょいとだけ長坊を見ててくんな。また厠《かわや》に行きたくなっちまった。さっき行ったばっかりなんだが、どうしてだろうな」

孫六は三吉と一緒に小部屋を出ると、土間を抜けて裏庭に向かった。

見上げると、赤児の門出に相応《ふさわ》しく晴れ渡った空である。

（長坊、お別れだぜ……）

お倫は孫六の温かい気遣いに感謝しつつ、赤児の枕辺で語りかける。

「人の気持ちのわかる優しいお殿様になっておくれね」

胸元から取り出した守袋を、そっと赤児の懐に忍ばせた。

三吉が駆け込んだ。

「和泉橋を渡りました！」


孫六は店の前で出迎えた。

やがて、恰幅《かっぷく》のいい初老の武士が供侍数名を従えて現れた。

側室らしく着飾った女性を伴っている。

「笛木新庄家江戸留守居役三枝庄右衛門《さえぐさしょうえもん》だ。孫六殿、若子《わこ》が世話になった、厚く礼を申す」

三枝が手を突くようにして丁重に頭を下げた。

「どうぞお手をお上げくださいまし。そちらはお志野様ですね。若様はお乳をたんと飲んで大きくなりましたよ」

孫六がお倫を呼ぶと、ねんねこに包《くる》まった赤児を抱いて、お倫が出て来た。

「こちらがお志野様だ」

「大変お世話になりました、ありがとうございました」

「いい子に育ててくださいね」

「はい、お誓いします」

志野はきっぱりと答えた。

お倫から赤児を受け取り、わが子をその手に抱いた志野が涙ぐんだ。

それを見たお倫の胸にも込み上げるものがあるようだ。

志野が赤児の懐の守袋に気づいた。

「これは……」

「むくろじの実が入っているんです」

「むくろじの実？」

孫六がお倫に代わって教える。

むくろじは「無患子」という字を当てる。「子に患い無し」と読めることから、子どもの無病息災を願う樹木として大切にされた。

「追い羽根の羽根の黒い玉、ご存じでしょう、あれがむくろじの実です。この先の長屋にあるんでさ、立派なむくろじの樹が」

志野は祈るように守袋を自分の胸に当てた。

「孫六様、お倫様、ありがとうございました」

深々と頭を下げた。

三枝が会釈を送って踵《きびす》を返し、志野も続いた。

「では、これにて」

「待ってください！」

お倫が声を張って呼び止めた。

「ご主君派だか国家老派だか知らないけど、その子を不幸せにしたら、このあたしが承知しないよ！」

お倫は涙ながらに啖呵《たんか》を切った。

これだけはどうしても言っておきたい、その気持ちが抑え切れなかったのだろう。

「あたし、お見送り致しませんので」

お倫は店の中に駆け込んだ。
お倫の心中を察する三枝に、孫六も黙って頷《うなず》き返した。
去りゆく一行を見送りながら、孫六も心の中で語りかけた。
（長坊、達者でな……）
いつしか一行が滲《にじ》んで見えた。
はーっと、熱い息を吐きながら空を仰いだ。
振り仰いだ空は、つんと痛いほど目に染みる青さだ。
とうとう堪《こら》え切れず、熱いものが頬を伝い落ちた。

第二話「密謀の館」

1

孫六《まごろく》は息を弾ませ、神田相生町《かんだあいおいちょう》の四文屋〈柚子《ゆず》〉に駆け込んだ。

「熱冷ましはなかったかな」

板場で仕込みをするお倫《りん》に訊《き》いた。

「買い置きがあるけど、熱があるの、孫さん」

「俺じゃねえ、お桐《きり》だ」

「お桐さん？」

「寄合で貰《もら》い物をしたんで、お桐の家に寄ったんだがな」

お桐の家がある日本橋若松町《にほんばしわかまつちょう》は、今日の寄合があった横山同朋町《よこやまどうぼうちょう》の隣町だ。

「びっしょり汗をかいて、息が荒いんだ」

いつもは元気溌刺《はつらつ》なお桐だけに、却《かえ》って心配で、孫六は狼狽《ろうばい》気味だ。

「それは心配。待っててくださいな」

お倫は二階に駆け上がると、すぐに薬袋を持って来た。

「ちょいと行ってくる」

孫六は若松町のお桐の家にとって返した。

水甕《みずがめ》の水を湯呑《ゆのみ》に注いでお桐の傍に置くと、懐から薬袋を取り出した。

袋の中から三角の薬包を一包取り出して広げ、そっと置いた。

「お桐、さ、薬だ」

お桐を抱き起こして、その口を開ける。

湯呑の水をそっと口の中に注いで、傍に広げた薬包を手に取る。お桐の口の中に粉薬を振ると、その顎《あご》に手を添えて口を閉じる。

だが、むせて水を吐き出してしまう。

二度、三度と試みるが、同じように吐き出してしまい、飲むことが出来ない。

(駄目だ)

誰か近くの者の手を借りるかと片膝《かたひざ》を立てるが、思い直す。

意を決して、自ら水を口に含み、薬包の粉薬を口の中に振った。

再びお桐の口を開き、口移しで少しずつ流し込んだ。

苦しげに〈いやいや〉をするお桐の顎を押さえると、自分の口をお桐の口に強く押し当てた。
心の中で「飲み込め、飲み込むんだ」と励ました。
ごくり、とお桐の喉《のど》が動いた。
(飲めた……)
そっと口を離したその時、不意にお桐が目を開けた。
「義兄《にい》さん……」
どきんと、強く胸が鳴った。
だが、お桐はすぐに眠りに落ちた。
そっとお桐を横たえ、手拭《てぬぐ》いで額の汗を拭った。
お桐の寝顔に、亡くなった妻の結衣《ゆい》の面影が重なった。
結衣は体が弱く、よく熱を出して苦しんだ。
こうして間近で見ると似ていて、やはり姉妹だと感じる。
おっとりした結衣と、しゃきしゃきして男勝りのお桐とでは気質《きしつ》はまるで違う。
だが、ふとした瞬間、たとえば静かに縫い物をするお桐の横顔が、思わず息を呑む
ほど似ていて、胸がツンとすることがあった。
いつもの溌剌としたお桐ではなく、病に苦しむお桐を見るのは初めてで、尚更《なおさら》、孫
六の胸に切なさが募った。

ふと、いつかのやりとりが耳に甦《よみがえ》った。お桐の縁談が決まったと、お倫から聞いた時のことだ。

『いい話だ、よかったじゃねえか』

己に言い聞かせるように言った。その時、ふっと、胸の奥をすきま風が吹き抜けたような気がしたのを思い出した。

誰かに呼ばれた気がして、ぼんやりと振り返った。

土間にお倫が風呂敷《ふろしき》包みを抱えて立っていた。

訳のわからない気まずさに、互いにどぎまぎした。

「これ、着替え」

お倫が風呂敷包みをそっと掲げた。

「いくら義兄妹といっても、孫さん男だから、着替えは無理でしょ」

「よく気がついてくれた、ありがとよ、お倫さん」

孫六は後のことはお倫に任せて家を出た。

そこへ通りかかった中年の武家女を呼び止めて訊いた。

「近くに医者はありませんか」

「ありますけど、行っても無駄ですよ、今は」

「と、申しますと？」

「薬がないんですよ。皆、困っているんですよ。お桐さんのご主人ですか？」

「いえ、義理の兄でして」

「それは失礼しました。お桐さん、どこかお悪いの？」

「へい、熱がなかなか引かねえみてえでして」

「時々、様子を見ますよ」

「それは助かります」

孫六はよく礼を言って、教わった医者の門を叩《たた》いた。すると、

「薬がないわけではないのだ。足りないのだ。足りないからどんどん値が高くなって、入手できないのだ」

医者が深い溜《た》め息を吐いた。

孫六は店に戻ると、すぐに下っ引きの三吉《さんきち》を捕まえた。

「薬が妙なことになっている。色々な町を回って薬の値段を調べてもらいてえんだ」

「何の薬を調べましょうか」

「そうだな、皆がよく使う熱冷まし、腹痛、咳止《せきど》めの三つにしようか」

「合点で」

「あと一軒、ここに入ってみるか」

三吉は近くに金座がある本町《ほんちよう》二丁目の薬種問屋「大和屋《やまと》」に入った。

店内をうろうろ歩き回り、目当ての薬をみつけると、捕物帳に値段を記した。

孫六に言われた三つの薬の値段を書き留めて店を出ようとすると、入口に大柄の武士が立っていて、こちらを睨《にら》み付けていた。

腰を低くしながら出て行こうとすると、「待て」と呼び止められた。

「何をしていた」

「ちょいと薬の値段を調べておりました」

「薬の値段だと？　なぜ左様な真似をする」

「へい、江戸《えど》の町では薬が足りず、あっても目玉が飛び出るほど高いと聞いたもんですから」

「貴様、下っ引きだな。見掛けぬ顔だが、どこの者だ」

「北町《きたまち》の定町廻《じようまちまわ》り木之内《きのうち》一徹《いってつ》様に可愛がってもらっている者です」

「北町だと？　北町の者がなぜ薬種問屋に入って薬の値段など調べる。薬種は南町《みなみまち》の管轄だ」

三吉は目の前の武士が十手を腰に帯びていることに初めて気づいた。

「お武家様は南町のお役人様で」

「南町与力《よりき》の原木《はらき》だ。それを見せろ」

原木は三吉から捕物帳を取り上げて、頁を繰った。いきなり薬の価格を書いた頁を破り捨てた。

「何をなさいますか」

「黙れっ」

原木が十手で三吉の側頭部を強打した。

くらくらっとして、倒れ込んだ三吉は繰り返し足蹴《あしげ》にされた。


「孫さん、大変。三吉さんが」

お倫のただならぬ声に、裏庭にいた孫六は異変を感じ、急いで屋内を覗いた。

すると、土間に倒れ込み苦しげに呻く三吉の姿がその目に飛び込んだ。

驚いて側に駆け寄ると、三吉の顔は青黒く腫《は》れ上がり、手足には血が滲《にじ》んでいた。

「お倫さん、薬を持って来てくんな」

「打ち身の薬、あったかしら」

お倫は二階に上がる。

「しっかりしろ三吉、お前をこんな目に遭わせたのは誰だ」

「南町の、原木って与力です。本町の大和屋で、北町の者が薬の値段なんか調べるなって。調べた値段を書いた捕物帳をびりびり破り捨てられました。すみません」

「謝ることはねえ。薬の値段を調べるよう頼んだのはこの俺だ。すまなかったな、三吉、痛い目に遭わせちまって」

「親分、薬の値段ですけど、どこも同じでしたよ高値で、大和屋のほかは……」

三吉が痛みを堪《こら》えながら教えた。

「どこも同じ？　大和屋は安かったんだな？」

2

「遅くなりました」

穏やかだが聞き取りやすい声がして、三十路《みそじ》手前の凜々《りり》しい町人が腰を低くしながら膝《ひざ》を折った。

「江戸《えど》屋さん、お待ちしておりましたよ」

目のくりっとした細面の小柄な男、大和屋平蔵《へいぞう》が笑みを拵《こしら》えた。

「大和屋さん、お待たせ致しました。徳田《とくだ》屋さん、沢木《さわき》屋さん、播磨《はりま》屋さん、遅くなりまして申し訳ありません」

江戸屋と呼ばれた男、守之助《もりのすけ》が改めて律儀に手を突いた。

「江戸屋さんが来られなければ話は始まりませんよ」

徳田屋が言うと、沢木屋と播磨屋も真顔で頷《うなず》いた。

「会合に遅れるのはまずい。われわれ五人の意志の最後の確認を致しましょう」

平蔵が柔和な表情を消した。

真顔になり眼光に強い光を湛《たた》えると凄《すご》みが感じられる。

平蔵が口にした今夜の会合には、江戸の主だった薬種問屋三十店ほどが結集すると聞いている。だが、そうした薬種問屋の結集が誰の手によって進められていたのか、実のところ守之助らこの場の五人は知らないでいた。

つまり、いつの間にかこの江戸に、首謀者不明の謎の秘密結社が生まれていたのである。

「江戸屋さん、口火を切ってください」

平蔵に促されて、守之助が口を開いた。

「われわれは薬価が安くなるとの触れ込みで入会しました。しかし、現実はどうでしょうか、薬不足と薬価の高騰を招いているではありませんか。医者も患者もわれわれ薬種問屋も困窮しています」

守之助は一度言葉を切って皆を見渡した。

「にもかかわらず、薬価の協定を進めようとしているのはなぜでしょう」

「薬が不足しているのは、従来の流通経路に反旗を翻したためですよね」

播磨屋が言うと、沢木屋も同調した。

「こちら側が仕入れをしないと言い、向こう側もそれなら売らないと言うものだから、薬が足りなくなるのも当然です」

今この場に集う五人は薬価の協定に反対する立場の男たちだった。

「しかし、従来の流通経路では、間に入る組織が口銭《こうせん》、つまり手数料を取るから薬価が上がるので、その口銭の要らない仕組みを作れば必然的に薬価は下がる、それが首謀者の言い分でしょう。どう論破しますか」

平蔵が見渡した。

「集まりを主導している方々は、唐薬種を牛耳る大坂《おおさか》の道修町《どしょうまち》の向こうを張って、直《じか》に唐薬種を入荷しようと画策しているそうですね」

「この国の中で薬屋同士が角を突き合わせていていいんですか」

「ですから私は」

守之助が膝をにじった。

「北町奉行所に薬価の協定中止を願い出ます。南の御番所は頼りにならない、何を言っても暖簾《のれん》に腕押しだ。併せて、評定所《ひょうじょうしょ》の目安箱に薬不足への早急な対処を嘆願致します」

「江戸屋さんは脱会を覚悟なさっておられるのですね」

平蔵に問われ、守之助は「はい」ときっぱり返事をした。

「江戸屋さんのお覚悟を承りました。頃合いを見計らい、私が脱会を申し入れます。是非、その場で皆さんも続いてください」

平蔵が訴えた。

「いきなり強い手段を選ぶのは如何《いかが》なものでしょうか」

「長いものに巻かれるのも上手な世渡りだと思いますが」

徳田屋ら他の三人が及び腰になった。

「今になってどうしましたか。お三方が賛同なさらないのであれば、今夜は私も聞く側に回ります」

平蔵が落胆を浮かべたので、守之助は慌てた。

「徳田屋さん、沢木屋さん、播磨屋さん。今が力を合わせる時ではありませんか。ここが踏ん張りどころです、仲間は必ず増えます」

守之助が強く励ますと、徳田屋ら三人も覚悟を決めるように頷き返した。

「わかりました。仰《おっしゃ》る通りに致します」

「そうと決まれば、出掛けましょう。表と裏から、三々五々、出ましょう。われわれが集まったことを誰かに感づかれてもまずいですから」

平蔵が決意を漲《みなぎ》らせた。

その夜、孫六は四文屋仲間との三月に一度の懇親会に加わっていた。

場所は橘町《たちばなちょう》四丁目の煮売り酒屋の奥の小上がりである。

庶民相手の商いをする四文屋が小料理屋などを使う贅沢《ぜいたく》は出来ない、そう孫六が言い出して、定期的に今のこの店に集うことになった。

その席でも、薬が足らない、値段が驚くほど高くなったという話になった。

「医者の話じゃ、医者でさえも薬が手に入れにくいそうだ。どこかに安く売る店はねえのかな」

孫六が訊《き》いた。

「何軒かはあります、たとえば橋本町《はしもとちょう》の徳田屋。あとはどこかな」

「女房を診てくれた医者が褒めていたのは大伝馬町《おおでんまちょう》の江戸屋だ。主人の守之助さんは本草学を学んでいて、こちらが教わることが多いって感心していましたよ」

「医者が感心するとは大したもんだ。日々商いをしながら新しいことを学ぶのは容易じゃねえ。誰にでもできることじゃねえよ」

孫六は感心した。

(江戸屋守之助か……)

妻の病の話をした男が、自らを鼓舞するように話題を変えた。

「四文屋はいい、値段の競争じゃなくて惣菜《そうざい》の中身、工夫、品数の勝負だから」

「違いねえ、その通りだ」

皆で切磋《せっさ》琢磨《たくま》しようじゃないかという話で散会した。

薬の話題で沈んだ気持ちが晴れた気がした。

仲間と別れ、ほろ酔い加減で堀割沿いを風に吹かれながらそぞろ歩く孫六に、煙るような霧雨が舞い落ちて来た。

孫六は手拭《てぬぐ》いを取り出して被《かぶ》った。お気に入りの〈ななめ桜〉の紋様である。

「エイ、ホー、エイ、ホー」

道の向こうから駕籠《かご》かきの声がした。

汐見橋《しおみばし》に続く道に出た時、目の前を通り過ぎる辻《つじ》駕籠の垂れが三寸ばかり開き、煙管《キセル》を叩《たた》くのが見えた。

「熱っ」

川風に飛ばされて、まだ火の残る煙草の灰が孫六の足の甲に飛んだのだ。

孫六は片足立ちになって、灰を払い落とした。

「危ねえじゃねえか。おい、その駕籠、待ちやがれ」

孫六が呼び止めるのも意に介さず、駕籠は汐見橋を渡り、大丸新道《だいまるじんみち》を遠ざかる。

「ちくしょう、許せねえ」

孫六は辻駕籠を追った。

駕籠は大丸新道を左に折れて人形町通り《にんぎょうちょうどお》りに入った。通りの向こうに幾つもの提灯《ちょうちん》の明かりが揺れている。

目を凝らすと、地廻《じまわ》りと思われる男たちが何人も出張っていて、駕籠と駕籠の客を誘導している。

周囲に目を光らせる者もいて、何かの集まりがあるようだ。

(これ以上は近づかねえ方がよさそうだ)

孫六は霧雨を避ける酔っ払いよろしく、商家の軒先にごろんと寝転んだ。

(この先は葺屋町《ふきやちょう》、そうか、芝居小屋の市村座《いちむらざ》だな、集まりがあるのは)

四半刻《しはんとき》ほどじっとしていると、ざわめきが消え、静けさが戻った。

孫六はそろりと身を起こすと、用心深く市村座の近くまで寄った。

小屋の奥で「まだ、来ねえのか」という声がして、人の気配がした。

身を隠しながら闇を透かし見ると、遠く小田原提灯の灯が見えた。

やがて、一挺《いっちょう》の町駕籠が着いた。

「………！」

孫六は眉《まゆ》をひそめた。

駕籠から降り立った者は二本差しの武士で、黒子頭巾《ずきん》を被っていたのだ。

黒子頭巾とは、舞台の進行の介添えをする黒子が被る頭巾のことである。

出迎えの者と言葉を交わしながら男が中に入ると、木戸が閉まった。

芝居小屋と黒子頭巾、満更関わりがないわけではない。だが、駕籠に乗った客が黒子頭巾を被って降り立つ様は尋常の光景ではない。

(こいつはただの集まりじゃなさそうだ)

孫六は裏の楽屋口に回った。

警戒は厳重で、そこかしこに、地廻りの男たちの目が光っていた。

今夜の集まりは一階の桟敷《さじき》で催されるようだ。

孫六は、筵《むしろ》や芝居の大道具の陰に身を潜めて見張りの目を躱《かわ》しながら、二階桟敷に上がった。這《は》うようにして手摺《てす》りまで寄ると、ざわめく階下を覗《のぞ》き見た。

そこには異様な光景が広がっていた。

一階桟敷には三十人ほどの男たちが居並び、誰もが黒子頭巾を被っていたのだ。

やがて、同じように黒子頭巾を被った羽織袴《はおりはかま》の男が二人、姿を見せた。

そのうちの一人は腰に差料《さしりょう》を帯びており、武士だとわかる。

男たちは、用意された床几《しょうぎ》に、幕の下りた舞台を背にして腰掛けた。

今夜の集まりを取り仕切る者たちだろう。

男らの登場とともにざわめきが静まり、その場が緊張に包まれた。

町人の男が口を開いた。

「本日は、ご持参いただいた薬価の協定書を回収した後、唐薬種の長崎からの直《じか》の入荷の進捗《しんちょく》状況をご報告致します。さっそく協定書を集めます」

「お待ちください」

桟敷の前列上手に座っていた男が挙手をした。

「お訊《たず》ねしたいことがあります」

「どうぞ」

挙手をした男が立ち上がり、澄んだ声でこう問い掛けた。

「従来とは異なる新たな流通経路を開拓することにより、薬の値段は安くなるとの説明でした。ところが、薬は不足し、値段は上がる一方です。会を主催する方々はこの現状にどのような手立てをお考えでしょうか、お聞かせいただきたい」

「大坂道修町を中心とした従来の流通経路を脱し、江戸の薬種問屋が一丸となって新たな流通の道を切り拓《ひら》く。そうすれば中間の口銭はなくなり、必然的に薬価は下がる。今は何より、如何《いか》にしてわれら江戸の力を結集できるか、それが喫緊の課題なのです」

「何も手は打たないのですか」

「一時の我慢です。他に何か」

冷ややかに守之助の問いを退けた。

「しかし、病は待ってくれない。南町奉行所はいくら頼んでも暖簾《のれん》に腕押し、もはや頼りになりません。私は北町奉行所と評定所に今の状況を訴え、薬の品不足の解消と薬価の引き下げの施策を嘆願します」

ざわめきの中、男はきっぱりと言った。

最前列にいた男が立ち上がった。

「議論はもう沢山だ。私は会を抜ける」

男が黒子頭巾を脱いだ。

途端に大きなざわめきが渦巻いた。

頭巾の下の顔は大和屋平蔵だった。

「唐薬種の直入荷などまやかし、茶番だ、私は今宵《こよい》限り、この集まりから抜ける。私にご賛同される方はいらっしゃいませんか、一緒に辞めましょう」

声を張り上げて、この場を立ち去ろうとした。

「私も会を抜けます」

初めに発言した男がよく透る声で同調すると、「私も止める」「私もだ」と、新たに三人の男が立ち上がった。

「今更そんな勝手な真似はさせない」

そう叫んで平蔵の前に立ちはだかった男は、刃物を握っていた。

「馬鹿な真似をするな、仕舞いなさい」

平蔵が落ち着いてたしなめる。

「考え直してください」

「私の考えは変わらない。そこをどいてください」

「いいえ、どきません。大和屋さんのような優秀な方に今抜けられたら、この会は一気にがたがたになる。思い止《とど》まってくれ」

「お世話になりました」

立ち去ろうとする平蔵と引き止める男で揉《も》み合いになる。

「うっ」

平蔵が呻《うめ》き声を上げ、白目を剥《む》いた。

悲鳴が上がり、桟敷は総立ちとなった。

平蔵の腹に刃物が突き刺さっていた。

「…………！」

孫六は身を乗り出した。

平蔵が刃物の柄を摑《つか》んだまま床に崩れ落ちた。

「大和屋さん！」

駆け寄ろうとする守之助が押し留《とど》められた。

議事を進行していた男が腰を屈《かが》め、平蔵の頸《くび》に手を当て、胸に耳を当てた。

それから、重い表情で首を横に振った。

「死んでいる」

刺した男がよろよろと後退《あとじさ》った。

「刺すつもりはなかった、脅そうとしただけなんだ。脱会を思い止まらせようとしただけなんだ。それを大和屋さんが……そうでしょ、皆さんも見ていたでしょ」

刺された大和屋の姿が人垣に囲まれて見えなくなった。

階下の様子を確かめようと、孫六がさらに身を乗り出した時、低く張られていた鳴子の紐《ひも》を引っ掛けた。

からんからんと鳴子が鳴った。

一階の黒子頭巾の下の目が一斉に二階桟敷に向けられた。

「曲者《くせもの》だ、捕まえろ」

差料を帯びた男が命じ、地廻りの男たちが逃げる孫六を追った。

一方、死んだ大和屋の亡骸《なきがら》が舞台袖《そで》に担ぎ込まれた。

「今夜はこれで散会します。後のことは私たちにお任せください。どうか皆さん、今夜ここで見たことは他言無用に願います。よろしいですね、私たちを信じてください、よろしいですね」

進行の男が声を張り上げた。

ざわざわと参加者が引き上げる中、平蔵に賛同した男三人が、へなへなと桟敷に崩れ落ち、最初に発言した男は呆然《ぼうぜん》と立ち尽くしていた。


翌朝。

孫六はいつものように神田青物市場で仕入れを終えると、十手を腰に落として、昨夜の市村座に向かった。楽屋口に回ると、入口には閂《かんぬき》がされ、錆《さ》び付いた古い錠前が掛けられていた。

「誰だね」

初老の男が声を掛けた。

「神田相生町の孫六って者《もん》だ。そちらさんは？」

「わしは掃除の者だ」

「ちょうどよかった、中を覗かせてもらいてえんだ」

「どうしてだ」

「なに、昨夜、中でちょっとした騒ぎがあったって聞いてな」

「おかしなことを言いなさる人だ。わしは一月ぶりに掃除をしに来たんだ」

男が錠前を外してくれ、孫六は用心深く中に足を踏み入れた。

一階桟敷《さじき》に流血の跡などなく、会合の気配は跡形もなく消えていた。

「おかしなことがあるもんだ。埃《ほこり》がたまっていないぞ」

男が首を傾げた。

何も手掛かりが得られぬまま市村座を出て、本町二丁目の大和屋に向かった。

すると、大和屋の表戸は閉じられ、店はひっそりとしていた。

ただ、表戸を叩《たた》きながら中に向かい呼びかける商人風の男の姿がある。

孫六はその名を知らないが、江戸屋守之助である。

守之助は孫六に気づくと、逃げるように立ち去った。

忌中の張り紙もない。

どこかの寺院で葬儀が行われるのかも知れないが、それにしても、まるで夜逃げでもしたみたいな静けさは不気味でさえある。

近隣の者に聞いても大和屋平蔵はもとより、店の者の行方もわからない。

(奇妙奇天烈《きてれつ》なことがあるものだ)

孫六は八丁堀《はっちょうぼり》に定町廻り同心《どうしん》木之内一徹《きのうちいってつ》の役宅を訪ねた。

「ごめんくださいまし」

入口の戸を開けると、着流しの裾《すそ》をからげ、襷掛《たすきが》けという出《い》で立ちで、木之内一徹が障子張りをしていた。

「おう、孫六か。懸案の押し込み強盗の下手人をお縄にしたんで、楽隠居みてえな真似をしている」

木之内が照れ笑いをした。

「上がってくれ、あと一段張ったら仕舞いだ」

見ると、入ってすぐの部屋に、張り替えを終えた障子が立て掛けられている。

暫時あって、木之内が襷を外しながら、孫六の待つ居間にやって来た。

「込み入った事件か」

木之内が孫六の表情を鋭く読んで、訊《き》いた。

孫六は市村座で目撃した事件の一部始終と、ここに来る前に立ち寄った市村座と大和屋の不気味な様子を語った。

「何もかもが、一夜にして消えたということか」

「へい」

「薬価の協定など密談するからには、黒子頭巾《ずきん》など被《かぶ》っていても、その場に集まっていたのは、皆、江戸の薬種問屋だろうな」

「そうに違いありません」

「集まりの目的は薬価の協定。つまり、抜け駆けは許さん、皆、横並びの値段を付けようということか」

「それに異を唱える者がおりました。最初に声を上げた男は、北町奉行所と評定所に、薬価の協定中止と薬不足への対策を訴えると言っておりました」

「その直後に、大和屋が秘密の会合を抜けると言った。薬価の高騰に抵抗して安売りをする数少ない薬種問屋の急先鋒《きゅうせんぽう》が大和屋ということか」

「しかし、目の前でその要《かなめ》の人物が刺されたとなりゃ、後に続こうとした者も腰が引けても仕方がありません」

「大和屋を刺殺した一件は——おい、その大和屋は本当に死んだのだろうな」

木之内が疑念を口にした。

「会合を仕切っていた男が、死んだと言っておりましたが、あっしも自分のこの目で確かめたわけじゃありませんので、万に一つも間違いはねえと、言い切る自信はありません」

「その男を信じるとして、南町に事件の届けがあれば、すでに南町が動いているだろう。問題は薬種の方だ。薬種の取り扱いは南町の所管だ、北町に訴えられても扱いが難しいだろう」

商売関係の事務取扱については南町と北町で担当する窓口が分けられていた。

呉服・木綿・薬種問屋の案件は南町奉行所、書物・酒・廻船《かいせん》・材木問屋の案件は北町奉行所というようにそれぞれ違う業種を受け持っていた。

「三吉に薬の値段を調べさせたんですが、南町与力の原木様に酷《ひど》く叱られまして」

「原木？　原木誠志郎《せいしろう》かな。その男ならば諸色取調方《しょしきとりしらべかた》だ」

諸色取調方とは、江戸へ十分物資が流入し、物価が下がるよう、市場を調査する御役目である。

それで三吉は原木に酷い目に遭わされたのだ。北町の下っ引きごときが、南町の持ち場を踏み荒らしたと腹を立てたのだろう。

「お奉行の榊原《さかきばら》様ならば、訴えがあれば対処してくださるんじゃねえでしょうか」

「そうは思うが、孫六、当座は孫六と俺とで動くことにしねえか」

木之内が提案した。

3

孫六が〈柚子〉に戻ると、お桐が来ていた。

まだ顔色がよくないお桐に、孫六は努めてさり気なく声を掛けた。

「お桐、もう出歩いて大丈夫なのかい？」

すると、お桐がこう言って顔を曇らせた。

「安売りの薬屋さんがまた一つ店を閉めました。うかうか病気にもなれません」

「どこだい、店を閉めたのは」

「橋本町の徳田屋です」

懇親会で、仲間の一人が言っていた安売りの店だ。

「何だか様子がおかしいのよねえ」

お桐が、徳田屋で見聞きしたことを語った。

それによると――

若い商人が色を作《な》して徳田屋に駆け込むなり、主人に食って掛かった。

「徳田屋さん、どうして値段を上げたのですか」

それが江戸屋守之助だった。

徳田屋の方はひたすら詫《わ》びるのみで、苦しげに顔を背けて訳を言おうとしない。

「もう決めたことだ、黙って帰ってくれないか、頼む、この通りだ。これ以上私を苦しめないでくれ」

仕舞いには、泣きそうな顔で土下座をして周りの者を驚かせた。

守之助もその姿を見ればそれ以上何も言えず、憤然として立ち去った。

──それが、お桐が目にしたあらましだった。

「その人が来る前も、急に値上げをされても困るって、取引客に詰め寄られ、詰《なじ》られていたわ」

「お桐、何で徳田屋に行ったんでえ」

孫六が訊いた。するとお桐は、

「それが先でしたわね」

ちろっと舌を出し、肩を竦《すく》めた。

お桐は手習所で書を教えているが、そこの寺子が三人、今日で三日も休んでいるというのだ。

「ですので、心配してお店まで行ったのです」

「徳田屋の子女が習いに来ていたんだな」

「はい。ところが、ご主人もお内儀も、つまり、その子のご両親は、娘は遠い親戚《しんせき》のところにいるから大丈夫の一点張りで、私が来たのさえ迷惑そうで……」

「徳田屋のほかはどこの子どもが休んでいるんで？」

「沢木屋さんと播磨屋さんです」

「みんな薬種問屋じゃねえか」

「そういえばそうね」

「だったら、もし子どもの具合が悪くたって、お薬屋さんでしょ、心配ないわよ」

お倫が笑いながら口を挟んだ。

「そうですわね、私の考え過ぎなのね」

「お桐、病み上がりなんだ、無理するんじゃねえよ」

「私はもう子どもじゃありません」

戸口で足を止めたお桐が、ぷーっと両頬をふくらませて睨《にら》んだ。ほっぺた一杯に溜《た》めた息を吐き出し、弾《はじ》けるような笑顔を傾けた。

結衣が戯《おど》けた時の顔と瓜二《うりふた》つだった。

「お桐さん、もうお帰りですか」

表で声がして三吉が顔を見せた。

「おう、三吉。よく鼻が利くじゃねえか」

「事件ですか、親分」

「従《つ》いてきな」

孫六が腰を上げた。

お桐の前では何事もないような顔をしたが、薬種問屋と聞くと、昨夜の市村座の出来事が思い出されてならなかった。

「黙って聞くんだぜ、周りでも見ながら、馬鹿話でも聞いてるような顔をしてな」

孫六は三吉を信用して昨夜の出来事を小声で話して聞かせた。

内緒の話は、人気のない場所よりも、人が多く行き交い笑いさざめく往来の方が却《かえ》って安心というものなのだ。

市村座で開かれた薬種問屋の秘密の集まりで、大和屋平蔵が刺されて死んだ。

だが、刺した男の正体はわからず、肝心の平蔵の店は閉じられ、その死体も消えた。

事件が南町奉行所に届けられたのかさえも定かではなかった。

「桟敷《さじき》には薬種問屋が三十人ほど集まっていた。徳田屋、沢木屋、播磨屋の三人も昨晩の秘密の会合にいたことは十分考えられる」

孫六は声を抑えて話し終えた。

「合点承知の助でさ」と、三吉は戯《おど》けるように手を打った。

孫六と三吉は橋本町の通りに入ると、徳田屋の店先が見通せる物陰に身を潜め、店の様子を窺《うかが》った。

一刻《いっとき》（約二時間）が経ち、さらに半刻が過ぎても徳田屋に変わった様子はなく、今日は無駄足だったかと諦《あきら》めかけた矢先だった。

墨染めの衣に大振りの網代笠《あじろがさ》を被《かぶ》った托鉢《たくはつ》僧が店の前に立った。金剛杖《づえ》を突き、鈴を鳴らし、経を唱え始めた。

やがて、店の中から姿を見せた主人が、周りを気にするような素振りを見せながら、素早く書付のようなものを僧の袂《たもと》に押し込んだ。そして、懇願するようにして僧を見送った。

孫六と三吉は托鉢僧を尾《つ》けた。

僧が次に向かったのは新両替町《しんりょうがえちょう》の沢木屋だった。

徳田屋の主人と同様に、主人が書付のようなものを手渡した。

(次は播磨屋に違いない)

案の定、托鉢僧が向かったのは本石町《ほんごくちょう》の播磨屋で、やはり主人が書付のようなものを手渡した。

そのまま托鉢僧の後を尾けると、僧は白幡《しらはた》稲荷の鳥居をくぐった。

突如、横合いから白刃が閃《ひらめ》いた。

「あぶねえ」

危うく身を躱《かわ》した孫六は十手を引き抜き、二の太刀に備えた。

杖に仕込んだ刀を振るったのは別の托鉢僧だった。

三吉はその間に逃げた僧を追った。

二の太刀は上段から振り下ろされた。

がしっ、と十手の鉤《かぎ》で受け止めると、そのまま手許《てもと》まで摺《す》り込んだ。同時に相手の右手を左手で摑《つか》むや、鳩尾《みぞおち》に十手を見舞った。

一瞬、息が止まり、よろけたところを、その肩口を強打し、取り押さえた。

網代笠を取ると、笠の下は月代《さかやき》の伸びた浪人だった。

「誰に頼まれた」

「金持ちの商人だ」

「名前は」

「知らぬ。金で雇われただけだ」

そこへ、三吉が戻ってきた。

「逃げられました、すいません」

孫六は浪人を近くの番屋に連行し、南町の同心に事情を話して引き渡した。

「親分、徳田屋、沢木屋、播磨屋の主人が坊主に渡したのは、もしかすると薬価の協定書じゃありませんか」

「冴《さ》えているじゃねえか。十中八九、三吉が睨んだ通りだろう」

「やっぱし」

「三吉、徳田屋に戻れ。何か変わった様子はねえか、見張るんだ。粘り強くな」

「合点で」

「俺は江戸屋に行く」

孫六は大伝馬町一丁目の江戸屋に向かった。

徳田屋に捩《ね》じ込んだという、主人の守之助に会うためである。

「江戸屋の主人、守之助でございます」

現れたのは、事件の翌日、大和屋の前で見掛けた男だった。

ひたと、孫六を見詰める男の双眸《そうぼう》は強い意志を湛《たた》えている。

「いつぞや大和屋の前でお見掛けしましたぜ」

守之助は訝《いぶか》しげに見詰め返した。

「俺は神田相生町の孫六って者《もん》だ」

さりげなく羽織の裾《すそ》を捲《まく》って十手を覗《のぞ》かせた。

「これはご無礼を致しました」

守之助は礼儀正しく一礼すると、孫六を客間に通した。

「お前さんが、同じ薬種問屋の徳田屋に、なぜ値上げをしたのかと詰め寄るところを見た者がいてな、ちょいと気になって話を聞きに来たんだ」

「はあ」

「薬の値段が上がるばかりの昨今、徳田屋はお前さんと同じように安売りを続けてきた店だ。その徳田屋が値上げに踏み切った。それを、なぜだと強く詰め寄るからには、お前さんたちの間で固い約束があったに違いねえ、そう俺は見込んだんだ。違うかい？」

「……………」

「徳田屋だけじゃねえ、沢木屋と播磨屋までが相次いで薬の値段を上げた。安売りの店は江戸屋だけになっちまったな」

守之助は黙って口許を引き結んだ。

「いや、安売りの店がもう一軒あった。大和屋だ。大和屋の平蔵という男は、よく知っていなさるのかい？」

「薬の商いについては一家言を持つ人でした」

「でした？　まるで死んだみてえな言い方だが」

「いえ、そういう意味ではありませんが」

守之助は慌てて言い繕った。

「親分さんもご存じでしょうが、大和屋さんは店を閉じて行方知れずになってしまったのです。それで……」

「そうだったな。いったい、どこへ消えちまったんだか……」

孫六は話題を変えた。

「ところで、昨今の薬不足と薬価の高騰だが、どうしてだと考えているんだい」

「さあ、私にもよくわかりません」

「大坂道修町に、江戸の薬種問屋が対抗している、そんな噂を聞いたんだが、噂は本当だろうか」

孫六は秘密の会合で知った話をさらりと口にした。

まさかあの晩の侵入者が孫六とは思っていないだろう。

「そういうこともあるかも知れませんが……」

口を濁す守之助に、孫六は言葉を改めてこう訊《き》いた。

「守之助さんは、なぜ薬の安売りにこだわっていなさるんで？」

すると、廊下で女の声がした。

「私からお話し申し上げます」

丸髷《まるまげ》の、年の頃は二十五、六の気品のある女が廊下に手を突いた。

「お前さんは？」

「雪《ゆき》と申します。守之助の家内でございます」

守之助に目で促されて部屋に入ると、改めて手を突いた。

「夫の守之助は叩《たた》き上げの苦労人でございます」

お雪によると――

守之助は伊勢《いせ》長島《ながしま》藩一万石の下士、大潮《おおしお》家の次男だった。守之助の父大潮忠兵衛《ちゅうべえ》は謹言実直な役人で、御役目の傍ら仏道に励む極めて慈悲深い人物だった。

その頃、城下では流行《はや》り病と薬不足で民百姓が苦しみ、守之助の母と妹も病で命を落とした。

忠兵衛は、苦しむ民百姓のために上役に上申し、遂には主君に直訴をしてお咎《とが》めを受けることもあった。だが、悲惨な一家心中が相次いだ時、忠兵衛は決起した。

徒党を組み、城下の悪徳薬種問屋を襲い、奪った薬を民に配ったのである。

民百姓からは世直し大明神と称賛されたが、忠兵衛は打ち壊しの首謀者として処刑された。

守之助には年の離れた兄道之助《みちのすけ》がいたが、親戚《しんせき》縁者にも見放され、二人は城下を去った。

守之助は、採薬の旅にあった本草学者の小野芳山《おのほうざん》と出会い、芳山の薬種に向き合う姿勢に感銘を受けて弟子入り、廉価で庶民に売薬する夢を抱いて江戸に出た。

兄の道之助はある晩、守之助に何も告げず、何処へか姿を消した。

芳山の娘の雪は、守之助の夢を叶《かな》えたいと、人生をともに歩む覚悟を決めた。

――それがお雪の話だった。

「夫が薬の安売りに情熱を燃やすのは、それが命を賭《か》けて民百姓のために尽くした亡きお父上様の供養になる、そう信じてのことと私は思っております」

「よく話してくれた。守之助さん、ご苦労なすったね」

孫六は二人をいたわりの目で見詰めた。

「横並び、強いものには巻かれろの風潮がはびこるご時世だ、守之助さん独りで安売りを続けるのは辛《つら》く苦しいと思うが、精々、頑張っておくんなさい」

孫六が腰を浮かした時だった。

「旦那《だんな》様、ただいまこのような文が」

店の者が来て、書付を差し出した。

「誰からだい、番頭さん」

「お坊様です」

「番頭さん、それは托鉢《たくはつ》の坊さんかい？」

孫六が口を挟んだ。

「左様でございますが」

番頭は文を守之助に渡して下がった。

「それじゃ、あっしはこれで」

孫六は敷居際で足を止めた。

「手習所で書を教えている女師匠から聞いたんだが、徳田屋の幼い娘がこの三日ばかり無断で手習いを休んでいるそうだ。心配して店を訪ねたが、何か双親《ふたおや》の様子がおかしいと、その女師匠が言っていた」

孫六はそう言い残して江戸屋を辞した。

守之助は孫六の言葉を気にしながら、届いた文を広げて読んだ。

全身から血が一気に流れ落ちたような錯覚に陥った。

「どうしましたか？」

訝しげに訊《たず》ねるお雪には答えず、守之助は文を懐に押し込んで腰を上げた。

「お佐知《さち》を迎えに行って来る」

「あら、珍しい。お里が一緒だから心配ありませんよ」

「心配ないとどうして言えるんだ！」

守之助がいつになく言葉を荒げたので、お雪が驚いたように見詰め返した。

顔を強張《こわば》らせて店を飛び出した守之助は思わず足を止めた。

道の向こうから、娘の佐知が年若い下女と手を繋《つな》ぎ、唄《うた》いながら帰って来た。

守之助はほっと胸を撫《な》で下ろすと、佐知に駆け寄り抱き締めた。

「お佐知、お帰り、お帰り」

「旦那様、何だか一年もお嬢様にお会いになっていないみたいですよ」

下女が笑った。

物陰からその一部始終を見ていた孫六が姿を見せた。

虚を衝《つ》かれたのだろう、守之助が不快げな表情を浮かべた。

「托鉢僧の文には何と書いてあったんで」

「勘弁してください」

守之助は佐知を抱き上げると、逃げるように店に駆け戻った。


守之助は自室に戻ると、文机《ふづくえ》の前に座った。

心配して傍に膝《ひざ》を折ったお雪に、托鉢僧からの文を見せた。

一読したお雪の顔も蒼褪《あおざ》めた。

「それでお佐知を迎えに行ったのですね……」

守之助は北町奉行所と評定所の目安箱へ訴える文を二通書き上げていた。

大和屋平蔵は哀れなことになったが、その遺志を継いで徳田屋ら三人の署名捺印《なついん》を貰《もら》い、嘆願書を書いた。だが、徳田屋が脱落、次いで沢木屋、播磨屋も値上げに転じ、書き上げた二通の嘆願書は無駄になった。

「とうとう私一人になってしまった。徳田屋さんたちが、なぜ薬価の協定に応じたのか、その訳がやっとわかったよ、災難がわが身にも降りかかってきてね」

「あなた……」

「徳田屋さんも娘の身を案じて、怖くて辛い思いをしたのだ。夜も寝られなかったことだろう。それも知らずに私は徳田屋さんを責めた。すまないことをした」

守之助は抽斗《ひきだし》から二通の書付を取り出すと、それを大きく二つに裂いた。

「私一人の名前で嘆願書を書き直す。そして、北町奉行所と評定所に訴える」

守之助には困難と立ち向かう気持ちが、まだ辛うじて残っていた。

4

朝早く、四文屋〈柚子〉に、息を弾ませ、三吉が駆け込んで来た。

「何か摑《つか》んだようだな」

小部屋で朝飯後の茶を啜《すす》っていた孫六が訊いた。

「さすがは親分だ」

一つ手を打ち、三吉が部屋に上がって話し始めた。

「日が暮れて、店が閉まっても特に変わった様子はありませんでした。ところが、夜更けになって店の裏手が馬鹿に賑《にぎ》やかなんで、そっと覗《のぞ》いてみたら」

「どうした」

「両親が女の子を抱いて涙にくれていたんでさ、お帰り、お帰りって」

お桐から聞いてはいたが、遠い親戚から戻った娘を迎えるのに、「お帰り」と抱き締めて涙を流す父母はおるまい。

孫六の脳裏に浮かんだ言葉──それは〈拐《かどわ》かし〉だった。

「三吉、朝飯、まだなんじゃねえのか」

「実はそうなんで」

「お倫さん、働き者の三吉さんに何か食わしてやっちゃくれねえか」

「あいよ」

奥から元気なお倫の声が返り、仔猫《こねこ》の藤丸《ふじまる》が三吉に擦り寄った。

「親分、さん付けはよしてくださいよ。照れるじゃありませんか」

三吉は藤丸の喉《のど》を撫で撫でしてやる。

「働き者に敬意を表しているんじゃねえか、照れる必要がどこにある」

「えっへへへ。おい、藤丸。攫《さら》われねえように注意しなよ」

「どうしてそんな心配しなければならないの、三吉さん」

「聞いてませんか、姐《あね》さん。黒い猫を飼うと胸の病が治るってんで、黒猫は大変な人気なんですよ」

三吉はお倫が持って来た握り飯にかぶりついた。

「知らないわ、聞いてる？　孫さん」

「いいや。見ろ、藤丸が欠伸《あくび》してら。胸の病なんて荷が重いとさ」

孫六は笑みを消して三吉に言った。

「飯を食ったら、また、ひと働きしてもらいてえんだ」

「何でも言ってください」

「江戸屋を見張る」

「最後に残った安売りの店ですね」

「俺が主人の守之助と会っている時に、文が届いた。届けたのは托鉢僧だ」

「托鉢僧！　徳田屋や沢木屋にも来ていましたね」

守之助に届いた文、届けたのは托鉢僧――

その直後、習い事から帰る娘を青い顔で迎えに行った守之助――

守之助に届いた文に何が書いてあったのか、容易に想像はつく。

「托鉢僧は二度現れるんだ」

「二度？」

「一度目は脅し文を手渡しに。二度目は協定書の受け取りだ」

「わかりましたよ、親分。最初の文は、子どもは預かった。帰して欲しければ直ちに値上げをしろ、協定書に署名捺印《なついん》して知らせを待て。そんな中身だったんじゃありませんか」

三吉が飯粒を噴き飛ばしながら言い、飛んだ飯粒を一粒一粒拾っては口に入れた。

「江戸屋は、子どもがどうなっても構わねえのか、とでも脅されたに違いねえ」

安売りの仲間が次々と脱落し、孤立無援になった守之助の動きが大いに気懸かりな孫六である。


孫六と三吉は江戸屋を見通せる場所で張っていた。

「三吉、見てみな、あいつらを」

最前から、地廻《じまわ》りと思われる無頼の男が三人、江戸屋の周りをうろうろしていた。あの晩、市村座の周りで目を光らせていたのと同じ連中だろう。

お雪に見送られて守之助が出て来た。

守之助は紋付羽織袴《はおりはかま》に身を固め、決意を滲《にじ》ませた厳しい表情で、眦《まなじり》を上げた。その出《い》で立ちから、北町奉行所と評定所に訴え出る覚悟と読めた。

先《ま》ずは呉服橋《ごふくばし》御門内の北町奉行所に、それから和田倉《わだくら》御門外辰《たつ》ノ口《くち》の評定所に向かうのだろう。

地廻りの一人が駆け出し、残る二人が守之助を尾《つ》け始めた。

「前の男は、誰かにご注進に及んだんだろう。三吉、油断するなよ」

「へい」

孫六と三吉も守之助の後を追った。

守之助は、途中、新材木町《しんざいもくちょう》の杉森稲荷《すぎのもりいなり》に立ち寄った。

神妙に願掛けをして参道を引き返した時だった。

参道の左右に立つ大きな松の木陰からまたしても托鉢《たくはつ》僧が二人現れ、その内の一人がいきなり仕込み杖《づえ》を抜いて、刃《やいば》を振るった。

守之助は避《よ》けきれず、左腕を斬られた。

「守之助さん」

助けに向かう孫六の前に、地廻りの男たちが匕首《あいくち》を抜いて立ちはだかった。

「神様がおいでの境内で刃傷沙汰《にんじょうざた》とは、罰当たりにも程があるぜ」

孫六は瞬く間に男たちを打ち据え、地べたに転がした。

だが、その間にもう一人の托鉢僧が守之助の懐から紫色の袱紗《ふくさ》包みを抜き取り、逃げ去った。

袱紗包みを抜き取る際に、僧が守之助に何か囁《ささや》きかけたように見え、守之助も痛みを堪《こら》え、懸命に立ち去るその姿を見ようとしていた。

「守之助さん、しっかりしなせえ」

孫六は守之助を抱き起こし、左腕の血止めをした。

「嘆願書を奪われました」

守之助ががっくりと肩を落とした。

「嘆願書など奪われたところで、ただの紙切れだ。命あっての物種、嘆願書はまた書けばいいだけのことだ」

孫六が励ますと、守之助は悔しさを滲ませながら頷《うなず》いた。

「ところで守之助さん、あの托鉢僧は何て言ったんで」

「えっ」

「袱紗包みを奪う時に、何か話し掛けていたようだったが」

「…………」

「守之助さんも、遠ざかるその姿を懸命に見ようとしていた。大事な袱紗包みを奪った人物を、痛みを堪えてまで、なぜ見送っていたんで」

「…………」

「もしや、生き別れになった守之助さんの兄上だったんじゃねえんですか」

「親分……」

守之助は複雑な表情を浮かべて頷いた。

「守之助さん、話はここまでだ。いい医者を知っている」

孫六と三吉が守之助に肩を貸し、ゆっくりと歩いた。

歩きながら守之助が打ち明けた。

「娘の命は俺が護《まも》る……兄の道之助が、そう言いました」

その日の夕刻――

四文屋〈柚子〉の店先の行燈《あんどん》に火が入り、暖簾《のれん》が掛かった。

板場の孫六は煮物をしていて、時折、首に掛けた〈ななめ桜〉の紋様の手拭《てぬぐ》いで顔の汗を拭《ふ》いている。

「いらっしゃいませ」

お倫の声に誘われて、格子越しに土間を見た孫六は思わず息を呑《の》んだ。

爛々《らんらん》と強い光を湛《たた》える眼がこちらを刺すように見詰めていた。

目の前に立っている小柄な男は、あの晩、市村座で刺されて死んだはずの大和屋平蔵だった。

「そのように驚いたお顔をして、どこかでお目に掛かりましたかな?」

平蔵が冷たい笑みを含んだ。

「いえ」

孫六は硬い声で答えた。

「ご主人は洒落者《しゃれ》ですな、〈ななめ桜〉の紋様とは、なかなかよろしい」

手拭いを指差した。

孫六は、あの晩も同じ〈ななめ桜〉の手拭いで霧雨を避け、頬被《ほおかぶ》りしたのを思い出した。平蔵の言葉は「あの晩の侵入者はお前だな」と伝えていた。

「おそれいります」

背中につーっと、ひんやりとした汗が伝った。

「上がらせてもらいますよ」

平蔵は二人の供と四半刻《しはんとき》ばかり呑み食いして、

「なかなかいいお店だ、長く続けられるといいですな」

と、孫六を見据えるようにして引き上げた。

夜になって板の間は満員の客で埋まった。

「お倫さん、水をくんな」

「ごめんなさい、自分でそこの水甕《みずがめ》から汲《く》んでくださいな」

お倫が手を合わすと、客の一人が「人遣いの荒い店だねえ」と笑いながら茶瓶を手に土間に下りて水を汲んだ。

「あら、一昨日のお客さんなんて、食べ終えた小皿を板場まで運んでくだすったわよ、数まで勘定して」

「はいはい、汲みますよ、汲みますとも、水の一杯や二杯」

板の間に笑いが弾《はじ》けた。

翌朝――

仕入れから戻った孫六は、裏庭で野菜を洗っていた。

表戸が荒々しく叩《たた》かれ、人の声がして騒がしい。

「何でしょう」

一緒に洗っていたお倫も手を止めた。

孫六が店の土間に出て行くと、ちょうど表戸が開け放たれ、土間に十人近い男女がなだれ込んだ。

「何の騒ぎでぇ」

いきなり長屋のかみさん風の女が三人、孫六に摑《つか》み掛かった。摑んだ襟や袖《そで》を揺すりながら口々に訴えた。

「亭主が苦しんでいるんだよ！」

「腹が痛いって転げ回っているんだ！」

「吐いてばっかりで、幽霊みたいに真っ青だ！」

「死ぬかもしれないって！」

女房らの背後から、男たちが首を突き出すようにして、

「いったい何を食べさせたんだ！」

「腐った物でも出したんじゃねえのか！」

「ちゃんと説明してくれ！」

口から泡を飛ばして責め立てた。

「ちょっと待ってくんなよ」

孫六はさっぱり事情が呑《の》み込めない。そこへ、

「どけどけどけ」

捕方を率いた黒羽織の定町廻り同心が人垣を掻《か》き分けて踏み入った。

「南町奉行所だ。四文屋〈柚子〉の主人、孫六とはお前か」

「へい、左様で」

「この店から食あたりが出た」

「何ですって」

「聞き捨てなりませんね、うちの店じゃ新鮮な品しか出さないんだ、言いがかりはよしてくださいいな」

お倫が反論した。

「黙れ。女、言葉には気をつけろ。腹痛や吐き気がすると医者に駆け込む者が相次いだのだ。それも一人二人ではない。患者は皆、〈柚子〉の客と判明した」

孫六とお倫は言葉を失っている。

「これから奉行所の検死医に調べさせる、よいな」

「どうぞ、お気の済むまでお調べくださいまし」

「そこの女はお前の女房か」

「いいえ、店を手伝ってくれています」

「お倫と申します」

「孫六とお倫、奉行所まで同道致せ」

同心が居丈高に命じた時。

「特に孫六には聞きたいことがある」

甲高い声がして、陣笠《じんがさ》を着けた大柄の武士が姿を見せた。

「どちら様で」

「無礼だぞ孫六。こちらは諸色取調方与力、原木誠志郎様だ」

すかさず、同心が割って入った。

(原木？　三吉を痛めつけ、捕物帳を破った男だな)

「諸色取調方というのは、江戸へ十分な物資が入るよう、そして、物の値段が下がるように、様々お調べになる御役目でございますね」

「よく知っているな」

「言うなれば、薬が足らなければそれが入るようにし、薬の値段を下げるよう、様々お調べになる御役目、ということでございますね」

孫六は、ひたと、原木を見据えた。

「貴様、食い物の店の親爺《おやじ》にしておくのはもったいない」

「と申しますと?」

「南町与力のこのわしに喧嘩《けんか》を売るとはいい度胸をしておる」

「喧嘩を売るなどと滅相もねえ、そんなつもりは毛頭ございません。あっしにどんなお疑いが」

「貴様に嗅《か》ぎ回られ商いに支障をきたしていると、薬種問屋から苦情が出ておる」

「心当たりがございません。いったいどこの薬種問屋がそんなことを」

「言い訳は奉行所で聞く。引っ立てていっ」

原木が命じた。

孫六とお倫は、両腕を捕方に摑まれて連行された。

店の表で鉢合わせしたお桐が何事かと驚く。

「いったいどうしたのですか、義兄《にい》さん」

「何かの間違いだ、心配ねえよ」

孫六は余裕の笑みを向けた。

「お桐さん、店番お願いします」

お倫もまた、何も臆《おく》するところがなかった。

お桐は訳がわからないまま、そこらに居残る者に訊《き》いた。

「何があったのですか」

「知らないのかい、この店で食あたりが出たんだよ」

だが、孫六とお倫の毅然《きぜん》とした態度を見れば、何かの間違いだろうと、二人を信じるお桐だった。

お桐は〈本日休みます〉と書いた張り紙をして、表戸を閉じ、孫六とお倫の帰りを待つことにした。

5

守之助は自室の文机《ふづくえ》の前に端座、瞑目《めいもく》していた。

一昨日の夕方からこうして自室に閉じ籠《こも》っている。

店は妻のお雪と番頭に任せていた。

店に出ても気がそぞろというのもあるが、涙を見られるのが嫌だった。

愛《いと》しいわが子の命は何ものにも代えられない――そうとわかっていても、己の信念を曲げねばならない悔しさに涙が頬を伝い落ちるのだ。

守之助は目を見開き、耳を澄ました。

耳許《みみもと》に鈴の音が忍び込んだ。
店先に托鉢《たくはつ》僧が立ったのだ。
（兄上だろうか……？）
昨日の昼と夕暮れに続いて、これが三度目の訪問だった。
鈴はいつから鳴っていたのだろうか。
鈴が聞こえても尚《なお》、心を決めかねていた。
敷居際に人の気配がした。
気づかれて立ち去ろうとしたお雪を、守之助が呼び止めた。
「お雪のお父上には顔向けが出来ないが……」
お雪は、それは違うと、ひたすら首を横に振った。
守之助は文机に置いた書付を摑み、意を決して立ち上がった。
「番頭さん、値段の紙を貼り替えてください」
きっぱりとした口調で命じた。
店頭で、価格表や値札が慌ただしく貼り替えられた。
その様子を、戸口に立つ托鉢僧が網代笠《あじろがさ》の網の目越しにじっと見ている。
守之助は硬い表情で店の表に出て行くと、懐から取り出した書付を差し出した。
「娘を返してくれ、頼む」

道行く人に聞こえぬよう、守之助は抑えた声で言った。

無言で書付を懐に押し込み、踵《きびす》を返した僧が、しばらくして歩みを止めた。

「…………？」

僧の背中が無言で何かを語っている——守之助にはそう感じられた。

（兄上……）

その一部始終を見ていた三吉が一目散に駆け出した。


夜も更けて——

「お桐さん、帰って来ましたよ」

表で三吉の声がして、お桐は表に飛び出し、木之内も腰を上げた。

孫六とお倫が〈柚子〉に帰って来た。

「親分、姐《あね》さん」

三吉は今にも泣き出しそうな顔をしている。

食あたりを出した疑いで孫六とお倫は南町奉行所に連れて行かれたとお桐から聞いて、居ても立ってもいられなかったのだ。

「酷《ひど》い真似はされなかった？　お倫さん」

お桐がお倫を案じた。

「ううん」

「よかった」

「三吉、お前がここにいるということは、江戸屋に何かあったんだな？」

孫六は、お倫とお桐の心配をよそに、鋭い視線を三吉に向けた。

「とうとう値上げをしました。随分やつれていましたよ、守之助は」

「例の托鉢僧が来て、守之助は書付を渡した――そうだな？」

「その通りで」

「子どもが拐《かどわ》かされたに違いねえ」

「ええっ」

「子どもが心配だ。今は言う通りにすればいい。理不尽な目に遭って値上げに応じたからといって、守之助の商人魂まで屈服したわけじゃねえ。知ってる人は知っている。わかってくれる人はわかってくれる、来るその日までのちょっとの辛抱だ」

娘の命は何ものにも代えられない、それは自明の理だ。だとしても、薬を廉価で広く売りたいという永年の夢を捨て、信念を曲げねばならないところまで追い詰められて、さぞや苦しんだに違いない。

守之助の無念を思い、孫六の胸も痛んだ。

「そうか、それで俺は解き放ちになったんだ」

「どういうことですか、義兄さん」

お桐が訊いた。

「束ねた薬種問屋のすべてから薬価の協定書を手に入れる目処《めど》が立ったんで、目障りな孫六だが、牢《ろう》から出しても構わねえ、奴らはそう判断したんだろうよ」

「奴らって？」

お桐とお倫が声を揃えた。

「ははは、訊《たず》ねられっ放しだな、孫六」

木之内が顔を出した。

「旦那《だんな》、いらしてたんですか」

孫六が頭を下げた。

「三吉から報《しら》せを受けた。面倒に巻き込まれたな」

「ご心配をお掛けしました」

「孫六、此度《こたび》の一件を端《はな》っから二人にもきちんと話した方がいいぞ」

「へい、あっしもそう思っております」

「よし。そうと決まれば、孫六とお倫は先《ま》ず腹拵《はらごしら》えだ」

お桐が用意した熱い茶漬けで、孫六とお倫は空腹を満たした。

一同は小部屋に集まり、孫六が口を開いた。

「事の発端は、同業の仲間たちとの懇親会があった晩のことだ。辻駕籠《つじかご》に乗った客が、俺を追い越しざま、無作法にも煙管《キセル》の灰を叩《たた》き落とした。まだ火の残る灰が俺の足に飛んできたんだ」

逃げ去る駕籠を追うと、その行先は芝居小屋の市村座だった。

小屋の中に忍び込むと、二階桟敷《さじき》には三十人ほどが集まっていて、皆、黒子頭巾《ずきん》を被《かぶ》る不気味な光景が広がっていた。

「始まったのが薬価の協定の密談だった」

異を唱える者がいて、それが江戸屋守之助だった。

さらに、会を辞めると黒子頭巾を脱ぎ捨てたのが、大和屋平蔵で、平蔵に続いて守之助、徳田屋、沢木屋、播磨屋が脱会を申し出た。

ところが、勝手な真似は許さぬと刃物を持ち出す者がいて、揉《も》み合いの中、平蔵が刺されて死んだ。

それからまもなく、徳田屋ら三人は薬価の協定書を提出した。徳田屋らが秘密組織の軍門に降《くだ》ったのは、子どもを拐かされ、脅迫されたからだ。

江戸屋守之助は一人になっても安売りの意志を貫き、北町奉行所と評定所に訴え出ようとしたが、托鉢僧に襲われ、嘆願書を奪われた。

直後、守之助もまた徳田屋らと同様に最愛の娘を拐かされ、脅された。

「そして、今度の食あたりの騒ぎに繋《つな》がるんだ」

孫六は一度言葉を切った。

「結論から言うと、店は無期限の休業、俺にも無期限の謹慎が申し渡された」

「この店から食あたりが出たと極《き》め付けられたのですか」

お桐が訊《き》いた。

「患者の腹痛や嘔吐《おうと》、下痢などの原因は、飲用の水甕《みずがめ》に混入した薬物だと、奉行所の検死医が断定したんだ」

「薬物？」

木之内が眉《まゆ》をひそめた。

「おそらく大黄《だいおう》じゃねえかと言われました」

「大黄なんてうちにありませんよ。誰かが入れたに決まってます。なのに、南町のお役人は人の言うことに耳を傾けないんですよ」

お倫が悔しさをぶつけた。

「薬物を水甕に入れられるのは、お客しかいませんよね。誰が、いつ入れたのかしら、お倫さん」

お桐が問いかけると、お倫が思案を巡らせる。

「昨夜は夜になって蒸し蒸ししたし、味付けが少し濃かったのかしら、何人ものお客さんから水って言われたわ」

「それで?」

「忙しくて手が回らないから、水甕から茶瓶に汲《く》んでって頼んだのよ」

「なるほど、水を汲むふりをして薬物を入れることは出来るか」

「疑わしい客でもいたんですか、姐さん」

三吉が訊いた。

「常連さんばかりだったと思うけど……あっ、あの人。ぞっとするような目付きの。孫さん、見憶《みおぼ》えがあるみたいだったけど」

「大和屋平蔵だ」

「えっ、刺されて死んだのではないのですか」

「まんまと一杯食わされたんだよ」

お桐に訊かれて、孫六が苦笑いをこぼした。

「狂言さ。おそらく刃物は芝居の小道具。刺した男も刺された平蔵も同じ穴の貉《むじな》、下手な二人羽織みてえなもんさ」

木之内が看破した。

「でも、何のためにそんな手の込んだ真似をしたんですか」

三吉が訊いた。

「一つは、会を辞めようとする者を炙《あぶ》り出すため。もう一つの狙いは、平蔵を刺し殺したと見せ掛けてその場の者に恐怖を味わわせ、これ以上、会を脱《ぬ》けようとする動きを封じたんだ」

「平蔵は、そこまで嗅《か》ぎつけた孫さんの探索をやめさせようとして、水甕に薬物を入れたんだね」

「図星だよ、お倫さん」

「酷《ひど》い。何の罪もないお客さんを巻き添えにすることはないじゃないか」

お倫が憤った。

「難題がまだ残っている。拐かされた守之助の娘のことだ。いったい、どこに閉じ込められているのか」

孫六が唇を嚙《か》んだ。

「孫六は、奴らが素直に娘を返し、守之助の命も助ける気かどうか、それを疑っているのか」

「へい。守之助のような信念の人は、薄汚ねえ金の亡者どもには目の上のたんこぶに違いありませんから」

孫六は守之助の実の兄、道之助を思い浮かべた。

「もしかすると、あの男が頼みの綱になるかも知れねえ」

「守之助たちの前に現れる托鉢《たくはつ》僧の身形《みなり》をした男たちの一人が、守之助と同じ親の血を引く兄だったたんです」

「誰のことだ、孫六」

「義兄《にい》さん、私が今日こちらに伺ったのはね、休んでいた子どもたちが、手習いに来てくれたのよって、報せに来たんです。遠くの親戚《しんせき》の家に行っていたって、付き添いの親たちが言っていましたが、本当は悪人たちに攫《さら》われたのですね」

「そうなんだよ、お桐……」

「俺も一つ報せることがあって来たんだ」

木之内が続けた。

「南町の諸色取調方与力が出張ったと聞いて、一つ思い出したのだ。あれは孫六が江戸に戻る少し前のことだ。南町の同心が大川《おおかわ》で溺死《できし》したのだ。その男が確か諸色取調方だったたような気がする」

「原木誠志郎様の配下ということですね」

「そうだ」

「原木様には、なぜ薬種問屋を嗅ぎ回るのかと、しつこく訊かれました」

「あっしも痛い目に遭わされましたよ」

三吉が憤然とした。

「前にも言ったが、薬種は南町の管轄。昨今の薬不足と薬価の高騰を重ね合わせると、妙にあの同心の死が思い出されてな」

「事件はどうなったんでしょうか」

「月番が南町だったこともあって、よくわからぬ。未解決箱に放り込まれたんじゃねえかな。南町相手じゃ難しいかも知れぬが、探ってみる」

木之内が腰を上げ、引き上げた。

孫六は一区切りつけるように膝《ひざ》を叩いた。

「お桐、もう遅いから今夜はここに泊まっていきな」

「そうさせていただこうかしら。構わない？　お倫さん」

「大歓迎ですよ」

「三吉、お前も序《つい》でに泊まっていきな」

「あっしは序でですか、親分も酷《ひで》えな」

小さなからかいで笑いが起こり、その場が和んだ。

「江戸屋さんは眠れないでしょうねえ、娘さんのことが心配で」

お倫が孫六の胸の内を察するように呟《つぶや》いた。

「でも、協定書を渡したんですから、娘さんは返さなくては駄目、悪党どもは」

お桐が少し怒ったように言った。

「だといいんだがな」

徳田屋らの子どもは、協定書と値上げを引き換えに無事に返された。だが、守之助の娘を悪党一味が素直に返すかどうか、一抹の不安は拭《ぬぐ》えなかった。

「江戸屋の娘はどこに連れて行かれたんでしょうねえ。閉じ込められた場所がわかれば、一味を取っ捕まえるんですがねえ」

「三吉さん、頼もしいわね」

お桐がからかった時、孫六が「そうか」と膝を打った。

「三吉、その場所を知ってる者《もん》がいるぜ」

「誰ですか、それは」

「子どもたちよ、徳田屋や沢木屋の」

「違《ちげ》ぇねえ。どうしてそこに気づかなかったんだ。親分、明日の朝一番で、徳田屋、沢木屋、播磨屋の子どもたちに聞いてきます、何か憶えていねえかって」

「頼んだぜ」

6

翌日、江戸の町に瓦版《かわらばん》が舞った。

神田相生町の四文屋〈柚子〉で食あたりが起き、主人の孫六が南町奉行所に連行されて厳しい取調べを受け、店は休業を命じられたと、派手に書き立てられた。

すると、店に苦情が相次いだ。面白半分の嫌がらせは聞き流せばいいが、煮売り酒屋など飲食の店を営んでいる者から客足が引いたという声を聞くと、孫六の胸は痛んだ。

「三人の子どもに会ってきました」

三吉が駆け戻った。

「何か手掛かりはあったか」

「それが全然。精々、閉じ込められた部屋の外で鳩の鳴き声を聞いたって話くらいで。近くに寺か神社でもあったんでしょうかね」

三吉が大きな溜《た》め息を吐いた。

「三吉さん、お寺と神社なんてこの江戸の町には何百とあるわよ」

お桐が不満そうに口許《くちもと》を尖《とが》らせた。

「返す言葉もありません」

「お桐、三吉を責めるのはよしな」

「ごめんなさい」

「鳩、鳩……そうか」

じっと考えを巡らせていた孫六が、はたと、思いついた。

「三吉、鳩は鳩でも、伝書鳩だ」

「伝書鳩？」

「秘密の会合で、一味は長崎との直入荷《じか》を画策していた。長崎と江戸とのやりとりは鳩を使うに違いねえ。お桐、お倫さん、伝手《つて》を頼って鳩好きの人物、鳩の扱いが得手の人物をみつけ出して聞いてみてくれねえか」

「やってみる。でも、出来るかどうか」

お倫が不安げに言った。

「骨董《こっとう》でも園芸でも、たとえば金魚や蝶々《ちょうちょう》でも、その道の道楽者は身分の隔てなく交流するもんなんだ」

「わかりました」

お桐とお倫が己を奮い立たせるようにして出掛けた。

「三吉、木之内の旦那《だんな》にお願いして、町火消いろは四十八組に廻状《かいじょう》を回してもらってくれ」

「何て書いて回すんで」

「伝書鳩らしき鳩が舞い降りる所を見たらすぐに教えてもらいてえとな」

「合点で」

托鉢僧の身形をした浪人、大潮道之助が坐《ざ》している。

風に揺れる木々の音に混じり、時折、鳩の鳴き声が聞こえる。

ここは平蔵の隠れ家の客間である。

そこに姿を見せたのは、大和屋平蔵と原木誠志郎だった。

「大潮様、奴が協定書を差し出したのですね」

「預かった」

道之助は、守之助から受け取った協定書を平蔵に渡した。

「御前、漸《ようや》く最後の一枚が揃いました」

「手を焼かせおって」

「協定書を書く奴の口惜しげな顔を見たかった。協定書を書こうが書くまいが、奴の命はもらう、初めから決まっていたことだがね」

「斬るのか、江戸屋を」

道之助が訊《き》いた。

「斬っていただきます。あの男を生かしておいては後顧の憂いを残す。禍いの芽は摘まねばなりません、あの同心のように」

平蔵が意味ありげに原木を見る。

「あの男を大川に沈めたお蔭《かげ》で、それからは随分仕事がやり易くなりました」

「平蔵、その物言い、このわしの力をみくびっておるように聞こえるぞ」

「御前をみくびるなどと滅相もございません。これからもよろしくお願い申し上げます」

「ところで、船はいつ来るのだ」

「まもなく使いの鳩が飛んで参りましょう。一両日中のことかと存じます」

「よし、船が着いたら直ちに会合を開け。すべての者に上納金を命じるのだ」

「ははは、お気の早いことで。御前、向こうの部屋に一献用意させております。お先にいらしてくださいまし」

原木を送り出すと、平蔵は道之助に向き直った。

「大潮様、最後の仕上げに取り掛かりましょう」

「子どもを江戸屋に返すのだな」

「いえ、あの世に送っていただきます」

「幼い子どもを斬れと言うのか、それはあまりにも酷《むご》い」

「ほほほ、南町同心を大川に沈めた御仁のお言葉とも思えません」

「では、江戸屋はどうするのだ」

「今夜の会合に加わらせます。私の軍門に降《くだ》ったことを思い知らせます。それから子どもを殺したことを告げます。悲しみのどん底に突き落とし、命を奪われる恐怖を味わわせます」

平蔵が冷たい笑みを含んだ。

道之助が顔を歪《ゆが》めた。


「孫六親分、清吉《せいきち》です！」

息を弾ませて、町火消よ組の小頭の清吉が〈柚子〉に駆け込んだ。

「みつけましたよ、鳩小屋を」

「どこだ、そこは」

誰かから何か報《しら》せがないかと、じりじりと待っていた孫六が土間に出て行くと、息を切らせて三吉が転がり込んだ。

「小頭の足の速いこと速いこと」

「馬鹿野郎、鍛えが足りねえんじゃねえのか」

「小頭、一刻を争うんだ」

孫六は先を急《せ》かした。

「薬研堀《やげんぼり》でさ。木立ちの奥に鳩が舞い降りた！」

「薬研堀で木立ちといえば、薬研堀不動だ。ありがとよ、小頭。子どもの命だけは何がなんでも助ける。三吉、お前は江戸屋を見張るんだ。一味が素直に子どもを返すならそれで良し。もし、違った動きをしたら、先《ま》ずは守之助の身を守るんだ」

「親分、大丈夫ですかい？」

「謹慎破りか。お仕置きは後のお楽しみだ。三吉、急げ」

「合点で」


縛られ、猿轡《さるぐつわ》を嚙《か》まされた守之助の娘佐知が部屋の隅でじっとしている。

見張りの男が壁にもたれ、退屈そうに賽子《さいころ》を転がしている。

襖《ふすま》が開いて、道之助が入って来た。竹皮に包んだ握り飯を手にしている。

「縄をほどいてやれ」

見張りの男に、佐知の縄と猿轡をほどかせて、握り飯を渡す。

「食べなさい……平蔵は出掛けた。お前も向かうがいい」

「けど、先生が殺《や》るのを見届けろと言われてましてね」

「そうか、お前も災難だな、寝覚めが悪いぞ」

「とっとと殺っておくんなさい」

「わかった」

道之助は隙を衝《つ》いて、男の鳩尾《みぞおち》に拳《こぶし》を叩《たた》き込み、眠らせた。

「父と母の許《もと》に返してやる」

佐知の耳許で言い、その手を引く。

だが、裏口を出たところに、三人の浪人が待ち構えていた。

「どこへ行くのだ、大潮」

得物のない道之助は手近な物を手当たり次第投げ付け、裏木戸への活路を開く。

物が鳩小屋にぶち当たり、中の鳩が驚いてはばたく。

「真っ直ぐ家まで駆けるんだ。行け」

道之助が佐知を表に押し出し、裏木戸を閉めたその時。

ばっさりと背中を斬り裂かれた。

浪人が佐知を追おうとするが、道之助は自らの腕を閂《かんぬき》にして、その行手を阻む。

こんどは正面からまともに袈裟《けさ》懸けに刃《やいば》を浴びた。

浪人らは道之助を木戸から力任せに引き剝《は》がして、路地に出た。

ちょうどそこへ孫六が駆けつけた。

佐知を背後に庇《かば》い、袂《たもと》から取り出した目潰《めつぶ》しを次々と投じた。

浪人らの顔面で白い粉が飛び散った。

抜いた十手で浪人らを打ち据え、瞬く間に眠らせた。

「助けてくれたおじちゃんが斬られた」

「大丈夫。お佐知《さ》っちゃん、独りでお家に帰れるね？」

佐知を励まし送り出すと、木戸に向かった。

「しっかりしろっ」

地べたに倒れていた道之助を抱え起こすが、失血で意識は遠のいていた。


孫六は近くの番屋に報せて浪人三人をお縄にすると、手を借り、道之助を戸板に乗せて江戸屋に急いだ。

（せめて一目だけでも、守之助に別れをさせてやりたいが……）

孫六の祈りが通じた。

向こうに三吉と守之助の姿が見えた。

江戸屋に戻った佐知から道之助の急を聞いて、駆け付けたのだった。

「兄上っ」

守之助は戸板に寄り、道之助の手を握った。

「守之助……娘は、無事に、帰ったか……」

「はい」

「よかった」

「兄上、薬を……」

守之助は持って出た金創の薬を取り出そうとした。

道之助は残る力を振り絞って、守之助の手を払い除《の》ける仕草をした。

「大事な薬を無駄にするな、守之助。俺は程なく骸《むくろ》となる身だ」

「兄上……」

「恥ずべき人生を送ってしまった。だが、その最期に守之助に会え、幾許《いくばく》かの役に立てたならば、それは、亡き父上のお導きだろう」

「………」

「守之助、親子三人、仲良く暮らせよ」

そこまで言って、道之助は事切れた。

「兄上っ」

瞑目《めいもく》する守之助の頬を涙が伝い落ちた。


その夜——

市村座では、再び江戸の薬種問屋の会合が開かれた。

桟敷《さじき》には、三十人ほどの名だたる店の主人が居並んだ。

今宵《こよい》も先夜のように、皆、黒子頭巾《ずきん》を被《かぶ》っており、不気味な様相を呈している。

その中には、何もかもを覚悟した守之助の姿もあった。

幕の下りた舞台を背にして、二人の男が床几《しょうぎ》に腰掛けている。一人は立派な身形《みなり》をした大柄の二本差しの武士、今一人は、小柄で細身の男である。

その小柄な男が声を張った。

「それでは始めましょう」

桟敷が静かになった。

「今宵ここに顔を揃えた方々は皆、薬価の協定書に爪印をし、提出してくださったお仲間の皆様です。ようこそお集まりくださいました。今頃、品川《しながわ》沖に長崎からの船が停泊したことでしょう。皆様方には、唐薬種を十箱ずつ進呈致します。無論、お代は頂戴《ちょうだい》しません、私からの心ばかりの気持ちです」

桟敷がざわめく。

「皆様、今宵こそ頭巾を取りましょう。お互いの顔をよくご覧になってください。これから一丸となって江戸の薬種問屋の力を大きくする仲間たちです。もう大坂道修町の後塵《こうじん》を拝するのは終わりです。頭巾を取りましょう」

男の声に従い、桟敷にいる者が次々と頭巾を取り、近くの者の顔を見てざわめく。

守之助が頭巾を取ると、議事を進める男も頭巾を取った。

さらに大きなざわめきが桟敷に広がった。

大和屋平蔵だとわかってのざわめきである。

武士は南町の諸色取調方与力、原木誠志郎だった。

その時、高らかな笑い声が地の底から這《は》い上がるように聞こえてきた。

「誰だ」

仕掛けが動く重い音が鳴り響く。

何者かが、舞台の幕を上手から下手に向かって開けた。

舞台のすっぽんがゆっくりと上がり、黒子頭巾が見え、やがて、全身が舞台の上に立った。

「死んだはずの男がそこにいるんで、皆が驚いているじゃねえか。三十人からの人間をそこまで騙《だま》すとは、なかなかの千両役者だぜ、大和屋平蔵」

「誰だ、お前は」

舞台の男が頭巾を取って、捨てた。

「お前は、孫六」

「平蔵。お前の命運も今夜で尽きたな」

「ふふふ、たわけたことを」

「お縄にする前に聞いておこう。あの晩、どうして俺の店の水甕《みずがめ》に毒を入れなかったんだ」

「私としてはそうしたかったのだが、ここにいる心優しい旦那《だんな》衆から異を唱えられてね。かりそめにも人様の健やかな暮らしを守り、病を治す薬種を扱う身、商いでお金《かね》儲《もう》けはしても、人様の命を奪うのは寝覚めが悪いと言われたんだ」

「ちゃんちゃらおかしいぜ。二年前、南町の諸色取調方同心を溺死《できし》と見せかけて殺したのはお前たちの仕業だろ」

「あの時も皆様方から責められた。だから、二年前から人の命を奪うことはしていないんだよ」

「大潮道之助を斬ったじゃねえか」

「裏切り者は葬るより仕方ないだろう」

「ああ言えばこう言う。口の減らねえ頭領だ。一つ教えてやろう。品川沖の船には北町奉行所の捕方が向かった、お奉行の榊原様が直々に指揮を執ってな」

「馬鹿な。月番は南町だぞ」

原木が吠《ほ》えた。

「薬種は南町の管轄だが、廻船《かいせん》の管轄は北町だってことを忘れるんじゃねえ」

原木が口惜しげにぎりぎりと奥歯を噛《か》んだ。

「悪党ども、神妙にお縄を頂戴しな」

「本意じゃないが、あの世に行ってもらおうか」

ばらばらと、十人近い浪人者と地廻《じまわ》りが飛び出し、舞台に駆け上がった。

「皆様、危ないですから奥まで下がりましょう。そちらで舞台の上の剣戟《けんげき》をお楽しみください」

腹を揺すりながら高笑いした平蔵が眼を爛々《らんらん》と光らせ、凄《すご》む。

「八つ裂きにしてしまえ！」

孫六は、その涼しくも凜々《りり》しい風貌《ふうぼう》に怒りをたぎらせ、十手を握る右手と左手を胸の前で交差させた。

〈破邪顕正《はじゃけんしょう》の型〉の内の〈邪〉の構えである。

浪人の一人が斬り掛かった。

その刃《やいば》を十手で撥《は》ね返すと、素早く回り込んで相手の手首を強打し得物を叩《たた》き落とした。

背後から剣が突き出された。間一髪、それを躱《かわ》すと、左腕で相手の右肘《みぎひじ》の辺りを抱え、さらに斬りかかる剣を十手で払い、足で蹴《け》る。

腕を抱えた男の脇腹を十手で突く。

次の男は、十手鉤《かぎ》で刀身の自由を奪いながら足を払い、転倒させる。

転がした男らには間髪を容《い》れず十手を見舞う。

しなやかな身のこなしと、足払いや関節技などの体術を駆使した十手術で、原木誠志郎を眠らせ、大和屋平蔵を打ち据えた。

そこへ、木之内が率いる北町奉行所の捕方がなだれ込んだ。

北町奉行榊原主計頭忠之《かずえのかみただゆき》は、南北両町奉行による〈内寄合《ないよりあい》〉、月番交代の引き継ぎの場で、この度の薬価の協定問題を報告、南町奉行筒井和泉守政憲《つついいずみのかみまさのり》が事件の善処と綱紀粛正を約束した。

大和屋平蔵は闕所《けっしょ》、原木誠志郎には改易の上、それぞれ死罪が命じられた。

晴れ渡った青空に鳩が舞う日。

守之助、雪、佐知の親子三人は神田明神に参拝して、商売繁盛並びに家族と奉公人の健康を祈願した。

守之助は若き日に立てた志を忘れず、安売りに徹する心構えを神前に誓った。

食あたりの一件を書き立てた瓦版屋《かわらばんや》が角樽《つのだる》を持って〈柚子〉に詫《わ》びに来た。

孫六はさらりと水に流し、戻った客に角樽の酒をふるまった。

その晩は、お桐が店を手伝いに来た。

「色っぽい大人のお倫さんもいいけど、若々しいお桐さんもいいね」

鼻の下を伸ばした客が、ついつい口を滑らせた。

「褒められてる気がしませんけど」

お倫がプイと横を向いた。

「歳の話はご法度だぜ」

孫六が小声で言い、口許《くちもと》に指を当てた。

「触れて欲しくないことには触れないの。ね、義兄《にい》さん」

お桐が笑顔を振り向けた。

「そういうこと」

客の肩をそっと叩いてから、ふと、考え込んだ。

お桐の言葉に何か含みがあるような気がしたからだ。

（触れて欲しくないこと……？）

脳裏に口移しでお桐に薬を飲ませた後で、お桐が目を開けた瞬間が浮かんだ。

（まさか……？　いや、気の回し過ぎさ……）

孫六はふっと笑みをこぼした。

「嫌だ、思い出し笑いなんかして」

「もう歳ではありませんか、義兄《あき》さん」

お倫とお桐が腕組みをして呆れ顔を向けていた。

第三話「処刑の日」

1

（あっ）
幸太《こうた》は夜中に跳ね起きた。
（ちゃんと裏木戸の戸締りをしたっけ……？）
それが心配になって目が覚めたのだ。
昨夜は幸太が裏木戸の戸締りをする当番だった。
建て付けの悪い襖《ふすま》を震わせ、隙間から寒風が流れ込んでくる。
幸太は寒さに震えながら煎餅蒲団《せんべいぶとん》から抜け出た。
この部屋には、幸太を含めて四人の小僧が寝起きしている。
幸太は十歳、ほかの三人は幸太より二つ三つ年上である。
隣で鼾《いびき》をかいている小僧の脚を踏まないよう、そろっと、戸口に向かった。
この前の晩、よろけて踏んづけて、思い切り頬《ほ》っぺたをぶたれた。

夜嵐が止んでも、夜の廊下は凍るように冷たい。

勝手口ですり減った下駄《げた》を突っかけ、踏み台を持って裏庭に出た。

裏庭には物置小屋と厠《かわや》があり、その向こうに裏木戸がある。

幸太は眠気まなこで裏木戸の前に踏み台を置いて上がった。

裏木戸は左右両開きで、双方の木戸の上の〈落《おと》し〉を下ろし、三寸角の閂《かんぬき》をするのが戸締りの決まりだ。

確かめると、〈落し〉は二つともちゃんと下りていて、閂もしてあった。

ほっとした幸太は、起きた序《つい》でだと、踏み台を仕舞い、厠に入った。

直後、裏木戸が大きな軋《きし》みを立てた。

小窓の桟の隙間から覗《のぞ》くと、乱暴に木戸がこじ開けられ、黒い人影が三つ、裏庭に押し入ってきた。

幸太は咄嗟《とっさ》に身を屈《かが》めた。

(押し込み強盗だ……)

胸が早鐘のように高鳴る。

三人の黒装束は、勝手口から中に侵入した。

怖くて小僧部屋には戻れず、物置小屋に逃げ込んだ。

物と物との隙間に潜り込むと、饐《す》えた臭いがする擦り切れた茣蓙《ござ》を手繰り寄せて頭から被《かぶ》り、息を殺した。
直後、家の中から大きな悲鳴が二つ聞こえた。
幸太は思わずきつく目を閉じ、耳を覆った。
それから後は、ひっそりと不気味なほどに静まり返った。
ここは本石町《ほんごくちょう》にある中規模の紙問屋「美濃屋《みの》」の裏手である。
幸太はこの店で小僧、上方《かみがた》でいう丁稚《でっち》として働いている。
物置小屋に隠れてから四半刻《しはんとき》（約三〇分）余り経っただろうか。
勝手口の戸が開く音と、三つの足音が聞こえた。
息を詰めた時、何かが滑り落ちた。
「あっ」と息を呑《の》むと、荒々しく戸が開いた。
「誰かいるのか」
中に足を踏み入れる気配がした。
幸太の胸の動悸《どうき》が激しくなる。
積み重なった物が荒々しく崩されて落ち、吐く息が間近で聞こえる。
「どうした」
「ちょいと物音がしたものですから」
男の声が幸太の頭から降ってくる。

「鼠でもいやがったかな」

やがて戸が閉められ、暗闇に包まれた。

「痛っ」

「お頭、どうしました？」

「古釘《ふるくぎ》が出ていやがった」

「…………！」

お頭と呼ばれた男の、響きのいい声に聞き憶《おぼ》えがあった。

2

「親分、大変だ、大変だ」

三吉《さんきち》が転げ込むようにして四文屋〈柚子《ゆず》〉に駆け込むと、肩で息をした。

「三吉、朝っぱらからどうした」

片襷《かただすき》をした孫六《まごろく》が板場から訊《き》いた。

「押し込み強盗です」

「今日は晦日《みそか》、月末とはいえ月番は南町奉行所《みなみまちぶぎょうしょ》だぜ」

「わかってます。でも、襲われたのは本石町の紙問屋美濃屋なんで」

「喜《き》三郎《さぶろう》さんの店が！」

美濃屋の主人、喜三郎とは、時々、碁会所で手合わせをする間柄だった。

「非番も今日で終わり、今日一日、穏やかに過ごしたいものと思っていたが、そうもいかねえようだ。三吉、ありがとよ」

孫六は美濃屋に向かった。


本石町の美濃屋の前には捕方が立っていて、野次馬が店を遠巻きにしていた。人波の中から「皆殺しらしいですよ」という囁《ささや》きが洩《も》れ聞こえた。

店の裏の方で犬が盛んに吠《ほ》え続けるのが気になり、孫六は裏に回った。

碁会所の帰りが遅くなった喜三郎をこっそり裏口まで送り届けたことが何度もあり、勝手はわかっている。

垣根の隙間から裏庭を覗くと、物置小屋の日陰で膝《ひざ》を抱えている年若い小僧の姿が垣間《かいまみ》見えた。

「おい、そこで何をしているんだ。この店の小僧か」

孫六が優しく声を掛けると、小僧は怯《おび》えた目を上げ、小さく頷《うなず》いた。

開けっ放しの裏木戸から裏庭に入り、小僧の傍に立て膝を突いた。

「よく助かったたな」

「物置小屋に隠れてたから」

押し込み強盗が店の中を荒らし、人を殺《あや》めている間も、強盗が立ち去って店の中が静まってからも、恐怖で体が強張《こわば》り一歩も動けなかったに違いない。夜が明けてこっそり小屋を出たものの、とても店の方に足が向かなかったのだろう。

「怖かったな。お役人様にお前のことを知らせてきてやる。お前の名前は？」

「幸太」

「俺は孫六だ。相生町《あいおいちょう》で四文屋をやっている。お前が助かったと知れば、店の者もお役人様も安心するぜ。ここで待っていな」

孫六は幸太を置いたまま勝手口に向かった。

廊下を奥に進むにつれて鼻をつく血の匂いが強くなり、自《おの》ずと顔が強張った。

それは異様な光景だった。

縄で縛り上げられた三人一組の塊が、この部屋に一つ、向こうに二つ、奥に一つというようにあり、皆、がっくりと首を寄せ合うようにして絶命していた。

奥で縛られて死んでいたのが、碁敵の喜三郎とその女房だった。

（喜三郎さん……）

血塗《ちまみ》れで畳に倒れて死んでいる二人は、ほかの者を大人しくさせるため、見せしめに殺されたのだろう。

(酷《ひで》え。むごい真似をしやがる……)

亡骸《なきがら》に手を合わせ、さらに行くと、黒羽織の同心の後ろ姿が見えた。

同心は殺された若い娘のはだけた胸元や捲《まく》れた裾《すそ》を直してやり、手を合わせた。

それは喜三郎の一人娘で、辱めを受けた上で殺されたのだとわかった。

「畜生働きにも程がある」

低く吐き捨てた同心が、何かを懐に押し込んだ。

直後、孫六の気配に不意を衝《つ》かれたか、

「来るんじゃねえ！」

と怒鳴り、ぎらりと振り返った。

「誰だお前は！　勝手に入るんじゃねえ！」

年の頃は三十路《みそじ》半ばの男が眼光鋭く孫六を睨《にら》んだ。

「これは申し訳ございません。神田相生町でしがねえ四文屋をやっております孫六と申します。この店のご主人の喜三郎さんとはへぼ碁を打つ間柄でして……」

孫六は詫《わ》びてから、実はと、訳を話す。

「通りすがりに、店の裏手であんまり犬が吠えるものですから裏庭を覗《のぞ》きますと、この店の小僧が膝を抱えて震えておりましたので」

「店の小僧だと？　生き残りがいたのか」

同心は、すっくと立ち上がり、孫六の近くまで寄った。

「幸い物置小屋に隠れて難を逃れたようで、こうしてお知らせに上がりました」

孫六を、同心がまじまじと見詰めた。

「俺は南町の定町廻《じょうまちまわ》り篠田与一郎《しのだよいちろう》だ。孫六と申したな。もしや、北町の十手名人と音に聞く、あの孫六か」

「これは恐れ入ります」

「やはり北町《きたまち》の青江真作《あおえしんさく》殿だったか」

八丁堀《はっちょうぼり》の与力同心《よりきどうしん》長屋は北町と南町が整然と区分けされているわけではなく、渾然《こんぜん》としていて、北町の者と南町の者が隣同士という場合も多々あった。だが、顔ぐらいは合わせても、篠田とは言葉を交わしたことはなかったように思う。

「腕利きの岡っ引き孫六の活躍はつとに聞き及んでいる。だが、月末とは申せ、南町が月番の折に起きた事件だ、南町が解決する。従って手出しは無用に頼むぞ」

「心得ております」

篠田に釘を刺されて、孫六は腰を低くした。

「小僧はどこだ」

「裏庭におります。篠田様、ご足労願います。小僧にこの惨状を見せるのはあんまり可哀相ですので」

篠田が先に立って裏に向かった。

「幸太、こっちに来な。お役人様に来ていただいた」

勝手口の板の間から孫六が呼びかけると、幸太が土間に入って来た。

「物置小屋に隠れていたそうだが、一人でか」

「はい」

「盗賊のことで何か憶えていることはないか」

幸太は黙って首を横に振った。

「どんな小さなことでもいいんだ、咳払《せきばら》い一つ足音一つでも、事件解決の手掛かりになるんだぜ」

孫六も間に入って訊いた。

「怖くて、耳を塞《ふさ》いでがたがた震えてた……」

幸太は蚊の鳴くような声で答えた。

「無理もねえ」

孫六が篠田と目配《めくば》せし合った時、奥で声がした。

「篠田様、桑助《くわすけ》が来ました」

「勝手口だ」

篠田が声を張った。

やがて、手拭《てぬぐ》いで口許《くちもと》を覆い、えずくのを堪《こら》えるようにして、中年の商人風の男が姿を見せた。

「この店の主人、喜三郎の弟、桑助でございます。南新堀町《みなみしんぼりちょう》で兄と同じ紙問屋を営んでおります」

「南町の篠田だ。色々と話を聞かせてくれ」

「かしこまりました」

桑助が頭を下げた時、「幸太、幸太」と名を呼ぶ女の声がした。

捕方の制止を振り切り、三十路手前の女が駆け込んで来た。

「幸太！」

女は裸足《はだし》のまま土間に駆け下りると、ひざまずいて幸太を強く抱き締めた。

「よかった、無事だったんだね、よかった、よかった」

「幸太のおっかさんだな。名前は？」

孫六が篠田に代わって訊《き》いた。

「多加《たか》です。こちらで下働きをしています」

「下働きだと？　何処に行っていたんだ！」

篠田に鋭く問い詰められて言い澱《よど》む多加に、桑助が詰め寄った。

「朝帰りとは呆《あき》れた。男だね？　男かと訊いているんだ」

押し黙ったままの多加に苛立《いらだ》ち、桑助が青筋を立てた。

「馘《くび》だ！　夜中に店を抜け出して男の家に泊まりに行くようなふしだらな女はこの店に置いておくわけにはいかない。今すぐ出て行きなさい！」

「止めろ……多加、お前と幸太に話がある。孫六、すまんが、しばらくの間、二人の面倒を見てくれぬか」

言い置くと、篠田が先立って奥に引き返した。

「お前まさか、盗人《ぬすっと》を手引きしたんじゃないだろうね」

桑助が多加に疑わしげな眼差《まなざ》しを投げ、篠田の後に続いた。

桑助を睨みつけていた幸太が憤然と板の間に駆け上がった。背後から桑助の背中を思い切り両手で突いたので、桑助はつんのめって顔から落ちた。

「おっかあはそんなことはしねえ！　盗人の手引きなんか絶対にするもんか！」

幸太が桑助を睨み据えた。

すると、逆上した桑助が力任せに幸太を張り倒した。

「何をするんです、子どもに乱暴しないでください」

幸太を庇《かば》った多加の背中にも、桑助は容赦ない足蹴《あしげ》を浴びせた。

孫六は堪《たま》らず止めに入った。

「旦那《だんな》さん、およしなさいまし。乱暴はよくねえ」

「誰だ、お前さんは」

「孫六と申します。証《あかし》もねえのに、盗人の引き込みを疑うなど、そりゃあんまりだ。頭から盗人扱いされちゃ、この子が怒るのも無理はありませんよ」

「男と一夜を過ごした、それが何よりの証じゃないか」

「この多加は血相を変えてここへ駆け込んで来た。旦那さんもご覧になったじゃありませんか。事件を聞いて、わが子の身に間違いがあったんじゃねえかと、生きた心地もしなかったに違いねえ。店に息子がいるとわかっていて、盗賊の手引きをする母親がどこにおりますか」

　孫六にたしなめられ、桑助はがっくりと肩を落とした。

「お前さんの言う通りだ。兄があんな無残に殺されて気持ちが動揺していた」

「大切な親族を亡くされたんだ、無理もありません」

「多加といったな、疑ってすまなかったね」

　桑助は力なく奥に引き返した。

　一刻《いっとき》後——

　美濃屋の表戸が開けられ、戸板に乗せられ筵《むしろ》を被《かぶ》せられた亡骸が、捕方により次々と運び出された。

その遺体に「わっ」と泣きすがる者、名を呼ぶ者、その場にしゃがみ込む者――

「お父ちゃん」

追いかける幼い少女を涙で引き止めるのは祖父母だろうか。

そうした光景を物陰から見詰める幸太の顔が悲しく歪《ゆが》む。

そんな幸太を見て、孫六に疑念が過《よ》ぎる。

(幸太は何か隠しているんじゃねえか……)

篠田が姿を見せると、被害者の縁者が詰め寄った。

「お役人様、一日も早く下手人を捕まえてください！」

「息子を殺した下手人は八つ裂きにしても気が済まねえ！」

「お前たちに言われるまでもない。下手人はこの俺が必ず引っ括《くく》る」

篠田がきっぱりと言った。

全ての亡骸《なきがら》が運び出されると、潮が引くように野次馬も立ち去った。

篠田が、幸太と多加の身柄を町名主に預ける旨を伝えた。

「町名主に話をつける。それまでこの先の番屋で待て」

「篠田様、この二人はあっしが番屋まで送り届けます」

「手を煩わせてすまぬな、孫六」

「おじさん、目明かしなんだね？」

「さ、行くぜ」

孫六は幸太の問い掛けには答えず、番屋に向かった。

3

事件の翌日――

日本橋《にほんばし》の袂《たもと》で歯切れのいい口上が響く。

「さあさあ、毎度お馴染《なじ》み、世の中に真《まこと》を伝える『さらし屋』だよ。またまた酷《ひど》い事件が起きちまった。お上はいってえ何をしてるんだ」

声高く政道を批判しながら美濃屋の事件を訴えているのは章吾《しょうご》である。

瓦版《かわらばん》の値段は一枚四文が相場だが、売り手が目鼻立ちの整った男前であり、話術が巧みとあって、男女を問わず聴衆が先を競って買い求めている。

向こうから南町の役人が走って来るのを、章吾は横目で目敏《めざと》く捉《とら》えた。

「すまねえ、店仕舞いだ。ここまでおいでだ」

章吾は軽快に駆け出し、役人を振り切って辻《つじ》を折れた時、またしても岡っ引きと鉢合わせになった。慌てて引き返すが、売り物を一枚落とした。

それを拾い上げた岡っ引きは――孫六だった。

如月朔日《きさらぎさくじつ》、今日から北町奉行所が月番、奉行所に向かう途中である。

きりりと帯を締め、着物の裾《すそ》を端折《はしょ》り、羽織をはおっている。

「結衣《ゆい》、行ってくるぜ」

その朝も、孫六は亡き妻結衣の位牌《いはい》に手を合わせて家を出た。御用で出掛ける時には欠かさず手を合わせ、事件解決と我が身の加護を祈るのである。


月番の初日は早めに奉行所に行って、手札をもらっている定町廻り同心の木之内一徹《きのうちいってつ》に挨拶《あいさつ》をするのが慣習である。

「孫六、待たせたな」

孫六が待つ用部屋に、木之内が姿を見せた。

「木之内様、今月もよろしくお願いいたします」

「よろしく頼む。さっそくだが、美濃屋の一件は聞いているな」

「瓦版屋がこんなものを売っておりました」

孫六は袂から取り出した瓦版を渡した。

「世の中に真を伝えるさらし屋か。見出しも屋号も鼻につくが、志はよし」

木之内が苦笑を消して真顔を向けた。

「美濃屋の被害は酷いようだ」

「へい、そりゃ無残な有り様でございました」

「ん？　孫六、現場を見たのか」

「美濃屋の主人はあっしの碁敵でして、それを知っている三吉が報《しら》せてくれました。難を逃れたのは十くらいの幸太という小僧とその母親の二人だけです」

「この瓦版には皆殺しとあるが、生き残りがいたのか。飛ぶ鳥を落とす勢いのさらし屋も調べが行き届かなかったとみえる」

「早摺《はやず》りというやつでしょうか」

と応じつつ、木之内の何気ない一言が孫六の耳に残った。

「取調べを担当したのは誰だ」

「篠田様です」

「南町の鬼同心か」

「旦那、明日にでも幸太のところに顔を見せてやりてえんです。まだ年端もいかねえのにあんな怖い目に遭って、心の傷が気懸かりでして」

幸太と多加は本石町の三右衛門《さんえもん》という町名主の家に預けられた。

「孫六は優しい……月番の最後の日に起きた事件とはいえ、事件は引き続き南町が捜査をする。篠田殿も継続して担当するだろう」

南北両町奉行所のいわゆる月番非番は訴訟取り扱いのみを言い、月番の時に手掛けた事件は非番月でも引き続き捜索にあたった。とはいえ、捜査を巡っては、意地と功名心のぶつかり合いで、北町と南町の間でしばしば衝突が起きていた。

「孫六ならば心配ねえと思うが、篠田殿とはうまくやってくれよ」

「心得ております。篠田様からも手出し無用と釘《くぎ》を刺されました」

孫六は苦笑いを洩《も》らした。

「木之内様、これはあっしの勘なんですが、幸太は何か隠している、隠しているというより、何かに口を噤《つぐ》んでいる、そんな気がしてならねえんです」


四文屋〈柚子〉は今夜も繁盛した。

ひっきりなしに客が訪れ、十二畳ほどの板の間は常に客同士の肩が触れるくらい一杯に埋まっていた。

孫六は次々と足りなくなる惣菜《そうざい》を作り、お倫《りん》は酒の注文で動き回った。客の間を黒縞《くろじま》の仔猫《こねこ》の藤丸《ふじまる》が駆け回った。人懐っこくて人気者なのだ。

「〈柚子〉の福の神はお倫さんと藤丸だな」と孫六はからかわれっ放しだった。

看板の後、一服しながらお倫が言った。

「町名主さんにお預けだと、買い物に行くのもままならないでしょうね」

「そこでだ、幸太と多加に何か拵《こしら》えて持っていってやりてえんだ。何がいいかな。お倫さんも一緒に考えちゃくれねえか」

「温かいものや汁物は持っていけないから、昼下がりに小腹を満たせるものがいいんじゃないかしら」

お倫の提案でひらめいた。

「いいことを言ってくれた、よし、決めた。〈いがまんじゅう〉だ」

それは武蔵国《むさしのくに》と上野国《こうずけのくに》の国境《くにざかい》の、一面に青い稲がそよぐ村で馳走《ちそう》になった食べ物だった。

「あんこの入った饅頭《まんじゅう》を赤飯で包むんだ」

その形と見た目が栗のイガに似ているところから名付けられたらしい。

それを次の〈三日限り《みっかかぎ》〉にすることにした。

同心を辞した後、孫六は何年か諸国を旅をした。〈三日限り〉というのは、孫六が旅先でめぐりあった、その土地土地の素朴な郷土料理を、孫六なりに精一杯その味を思い出して作った料理を提供する試みのことである。

何年にも亘《わた》り書き留めた献立日誌を基に、毎月三の付く日から三日間だけ、月三回提供するので〈三日限り〉と名付けた。今や〈柚子〉の名物として人気がある。

「あら、あそこから誰かが覗《のぞ》いてるわ」

お倫が無双窓を指差した。

孫六が腰を上げて窓を閉めた。

「親分、親分」

慌てて叩《たた》かれる窓を、孫六は笑いながら開けた。

「何だ三吉じゃねえか」

「わかってたくせに、人が悪いな親分。姐《あね》さんも姐さんですよ」

孫六が表戸を開けて三吉を中に入れる。

「一の乾分《こぶん》をほったらかして、お二人でイチャイチャお熱いことで」

「馬鹿野郎、そういうのを下衆《げす》の勘繰りってんだ。幸太に何か拵えて届けてやりてえと、無い知恵を絞っていたんじゃねえか」

「そりゃいいや、喜びますよ、きっと。やっぱり気が利きますねえ、親分は」

「調子のいいこと言ってやがる。ところで、急用は何でえ」

「急用なんてありません」

「何だと」

「喉《のど》が渇いたんでお茶でも一杯いただきてえと、そう思っただけで」

「お倫さん、三吉に茶漬けでも食わしてやってくれねえか」

「はいはい」

「お茶だけでよかったのに、飯まですみません」

三吉がちゃっかり板の間に正座をすると、藤丸もごろんと横に寝そべった。

「あっ痛っ」

腹をこちょこちょして、藤丸の反撃を食ったのだ。

4

翌日の昼下がり、孫六は竹皮に包んだ〈いがまんじゅう〉を風呂敷《ふろしき》につつんで、本石町の町名主三右衛門の家を訪ねた。

町名主とは町年寄の下で町政に携わる者のことである。代々世襲で兼業は許されず、町から報酬をもらい、自宅で職務にあたった。

訪《おとな》いを入れると、好々爺《こうこうや》然とした男が腰を低くして現れた。

「私が三右衛門ですが、どちら様でございましょうか」

「相生町で四文屋をやっている孫六と申します。ちょいと幸太と多加に会いてえんですが」

「面会は私奴《わたくしめ》のいるこの場所に限ります。ここに誰が来てどんな話をしたか、すべて報告するようにと南町の篠田様からきつく言われております。よろしいですか」

三右衛門が申し訳なさそうに訊《き》いた。

「一向に構わねえよ。俺たちがここで話したことは何一つ隠し立てしねえで、何でも篠田様に伝えてくんな」

孫六はそう言って板の間の端に腰を掛けた。

「先ほど見えた瓦版屋《かわらばん》さんといい、皆様お聞き分けくださり助かります」

「瓦版屋？　何て瓦版屋だ」

「面白い屋号でございましたな」

「さらし屋かい？」

「左様で。章吾さんと仰《おっしゃ》いましたか、爽《さわ》やかで真っ直ぐな方ですねえ、お多加さんとお似合いです。これは詰まらないことを。すぐに呼んで参りますので少々お待ちを」

（お似合いか……）

程なく幸太と多加を連れて戻った三右衛門が神妙な面持ちで手を突いた。

「親分さん、お多加さんから聞きました。お見逸《みそ》れいたしまして申し訳ございませんでした」

「三右衛門さん、手を上げてくんな。今日はお上の御用で来たわけじゃねえんだ。ちょいと幸太の顔を見に来ただけなんだ」

孫六は風呂敷包みから竹皮に包んだ物を、幸太と多加の前に滑らせた。

「中食《ちゅうじき》にでも食べてもらおうと思ってな。〈いがまんじゅう〉だ」

幸太が嬉《うれ》しげに包みの紐《ひも》をほどいた。

「まあ、美味《おい》しそうだね、幸太。わざわざありがとうございます」

「三右衛門さんもお一つ」

竹皮の包みを置くと、三右衛門が恐縮した。

「今月は北町の月番だが、美濃屋の一件は引き続き南町の篠田様がお調べになる。幸太、何か思い出したら篠田様に申し上げるんだぜ」

「うん」

「事件の解決には二人の力が欠かせねえ。多加、お前も頼んだぜ」

するど、多加が何か思いついた表情を浮かべた。

「この子、人より耳がいいんです。幸太、あの晩、何か聞かなかったかい？」

三右衛門が聞き耳を立てる。

だが、幸太は黙ったまま強く首を横に振った。

「人より耳がいいって言われるのが嫌になったみたいで……」

「どういうことだい」

「幸太、あのことを親分さんに言ってもいいわね？」

幸太は仕方なさそうに頷《うなず》く。

店の番頭と下女が逢引《あいびき》している様子を立ち聞きした幸太が、何かの弾みで口にしたことがあった。すると、番頭から酷《ひど》く叱られ、女中からは「気味の悪い子」と嫌われ、白い目で見られるようになったのだと、多加が教えた。

「それまでは皆に感心されていたんですけどねえ、聖徳太子みたいって」

「おっかあ、もうやめてくれ！」

幸太は語気強く言うと、逃げるように奥に引っ込んだ。

「多加、お預けの身は窮屈だろうが、事件解決までの辛抱だ。なに、じきに下手人は捕まる。三右衛門さん、二人のこと、よろしく頼んだぜ」

戸口まで見送りに出た多加に、孫六は声を抑えて訊く。

「事件のあった晩は、さらし屋の章吾と会ってたんだな？」

多加は悪びれもせずに認めた。

事件の翌朝、日本橋で南町の役人に追われていた瓦版屋が章吾かも知れない。

「章吾とのことは幸太にも話しているんだろうな」

「はい、会わせました。あの人も会いたいと言ってくれたので」

「うまくいってるなら何よりだ。幸太を可愛がってやんなよ」

陽が西に傾き始めた頃、孫六は両国広小路《りょうごくひろこうじ》に程近い米沢町《よねざわちょう》にいた。

路地の奥まった所に建つ看板もない古い家からよく透る声が響いた。

「とっとと刷れよ。早ければ早いほど売れるんだ。版木が役に立たなくなるほど刷って刷って、刷って、刷りまくれ！」

格子窓から覗《のぞ》くと、声の主はやはり日本橋で瓦版を売っていた男だった。

傷の治りでも悪いのか、指先を舐《な》めてから、忌々しげに舌打ちをした。

広い土間に足を踏み入れると、二人の男がねじり鉢巻をして働いていた。一人が懸命に刷り上げ、もう一人が、炭を熾《おこ》した七輪の近くに刷り上がった紙を並べて、乾かしている。

「五百乾いたら教えろ」

腕組みをして指揮を執っていた男が、孫六の気配に気づいて振り返った。

「章吾はいるかい、ちょいと話を聞かせてもらいてえんだ」

「章吾は俺だけど、後にしてくれませんか。見ての通り立て込んでいるんで」

低く響きのいい声をしている。

「新しいネタでも摑《つか》んだのかい？」

「お客さん、どちらさんで」

孫六は羽織を捲《まく》って、腰に帯びた紺色の房の十手をちらりと覗かせた。

「北町の旦那《だんな》から手札をもらっている孫六って者《もん》だ」

「これはご無礼いたしました。昼前からしゃかりきになって取り掛かっていたものですから、気が立っておりまして、つい」

　章吾は居住まいを正し、深々と頭を下げた。

「手を止めさせてすまねえ。どうした、怪我でもしたのかい」

「えっ」

「指を舐めていたからさ」

「ドジなことで」

「ま、いいや。お前さん、一昨日の晩はどこにいたんだい」

「ここですよ」

「誰と」

「ご存じだからお見えになったんじゃありませんか」

「訊かれたことに答えな」

　孫六が鋭く見据えると、章吾は気圧《けお》されたか、態度を改めた。

「美濃屋の女中の多加と一緒でした」

「明け方までか」

「へい」

「証《あかし》は？」

「親分さん、野暮なことは言いっこなしですぜ。あるわけねえじゃありませんか、二人きりの忍び逢《あ》いなんですから」

「野暮は百も承知だ。多加には、盗人《ぬすっと》の手引きをした疑いが掛かっているんだ」

「あははは」

「何がおかしいんだ」

「そんなわけがねえでしょう。おい、一枚よこしな」

瓦版を持ってこさせて、孫六に手渡した。

孫六はそれを一読して言葉を失った。

瓦版の文面には、美濃屋を襲った押し込み強盗の下手人が捕まり、それが渡り中間《ちゅうげん》の丑松《うしまつ》とあったのだ。

「多加がその丑松って野郎と馴染《なじ》みかどうか、面通しすりゃ、一発でわかるでしょ」

「ネタの仕入れ先はどこだ」

「そいつは言えません、瓦版屋の仁義に反します」

奥から「刷り上がり、五百、乾きました」と声が飛んだ。

「よし、すべて売り捌《さば》く。権六《ごんろく》、政吉《まさきち》」

名を呼ばれた二人の男が奥から姿を見せた。

二人とも、店で黙々と働く職人たちとは異なり、遊び人風の男たちだ。

「行くぜ。親分さん、ごめんなすって」

章吾以下、三人の男たちが、瓦版の束を小脇に抱えて威勢よく飛び出した。

孫六は改めて瓦版《かわらばん》に目を落とす。

(渡り中間の丑松。塒《ねぐら》は元鳥越《もととりごえ》か……)

「あっしはこの丑松という名前に憶《おぼ》えがねえんですが」

土間に明かりが灯《とも》る番屋で、孫六は木之内に訊《き》いた。

「この三年余り、江戸《えど》を騒がしている男だ。そうか、青江真作殿が江戸を離れている間のことだったか、野郎が鎌首をもたげて来やがったのは」

「丑松を引っ括《くく》ったのは誰でしょう」

「無論、南町の鬼同心、篠田殿だ」

「すると、瓦版のネタの出処は篠田様あたりですね」

瓦版屋のネタの仕入れ先は、何と言っても定町廻り同心からが一番だ。章吾は相当深く篠田に食い込んでいるようだ。

「それにしても、篠田様の丑松検挙は見事なまでの素早さですね」

「投げ文があったらしい」

「下手人は丑松だと？　何者の仕業でしょうか」

「そこまではわからねえ。丑松の塒で血の付いた切餅《きりもち》がみつかったそうだ、美濃屋の封印をしたものがな」

「元鳥越の丑松の塒に踏み込んだら、確かな証がみつかった、そういう訳ですか。丑松が下手人だとすりゃ、その仲間もすぐに割れますね」

「先を越された思いはあるが、篠田殿はよく丑松を取っ捕まえてくれた。世間は喝采《かっさい》を贈るだろう。丑松の極道ぶりは、北町南町を問わず周知のことだからな」

「どうして身柄を押さえなかったんで」

「なかなか尻尾《しっぽ》を摑ませねえのさ。闇の世界に紛れ込むのも巧み、江戸から逃げるのも機を見るに敏な奴でな」

「木之内様の力を以《もっ》てしても尻尾を摑ませねえとは、したたかな野郎だ」

「悪さをされても、仕返しを怖がって泣き寝入りする者もいる、隠し立てをする者もいる。娘に悪さをされた親兄弟なんかは、特にな」

「そういう訳ですかい」

「篠田殿の丑松への責めは凄《すさ》まじいらしい。同じ牢《ろう》の、ぶっ叩《たた》いても死なねえような荒くれ者が、丑松の叫び声で震え上がるって噂だ」

そうまでする篠田の怒りの源は何なのか。

番屋を出た孫六は、ふと、足を止めた。

美濃屋で目にした篠田の様子が目に浮かんだ。

篠田は、辱められた上に殺された娘のはだけた胸元や着物の裾《すそ》を整えてやり、合掌していた。

篠田は胸の奥に何を抱えているのだろうか。


「幸太、下手人が捕まったよ」

三右衛門の家の屑《くず》入《い》れの近くで、幸太が膝《ひざ》を抱えて座り込んでいた。

孫六が手にした小田原提灯《ぢょうちん》を翳《かざ》し、優しく声を掛けた。

「また、こんな所にいやがる。何をしているんでえ」

「えっ」

幸太が弾《はじ》かれるように顔を上げた。

「何をそんなに驚いているんだ」

「別に、驚いてなんかいない……」

幸太が探るような目を向けた。

「下手人は丑松という渡り中間だ」

「うし、まつ……」

幸太の目に、ほっとしたような、困惑したような、複雑な色が浮かんだ。

「丑松という名前に聞き憶えはねえか」

「ううん、ない」

「そうかい。おっかさんにも訊いてみよう。おっかさんも知らねえ男ならば、おっかさんが盗人の手引きをしたという疑いも晴れる」

幸太は何かをじっと考えているようだ。

「どうした、あんまり嬉《うれ》しそうじゃねえな」

「ううん、嬉しいよ」

「幸太、お預けが解かれたらどうする。何かやってみてえことはねえかい？」

幸太は首を横に振った。

「おっかあが毎日笑っていてくれれば、それでいい」

そう言って、幸太は逃げるように家に戻った。

ふと、人の気配に振り返ると、多加が立っていた。

心なしか多加の目許《めもと》が潤んでいる。

「黙って出て行っちゃいけない、あたしたちは町名主さんにお預けの身なんだよって、何遍も言い聞かせてるんですけど、困った子ですねえ」

「一日中籠《かご》の鳥じゃ無理もねえさ」

笑みを向けて、孫六は続けた。

「おっかあが毎日笑っていてくれれば、それでいいんだとさ。泣かせるじゃねえか」

「生意気言って……あたしが男とうまくいかなくなると、いつも呑《の》んだくれて幸太に当たり散らすもんだから……」

多加は自嘲《じちょう》の笑みを浮かべながらも嬉しそうだ。

「酔ったら酷《ひど》いこと口走ってしまうんですよ、男が逃げていくのはお前がいるからだって……あたしって、本当に駄目な母親なんですよ」

「そうかな、逆じゃねえのかい?」

「えっ」

「幸太のことを一番に思っているから、幸太を大事にしねえ男だとわかった途端、お前の方から身を引いたんじゃねえのかい」

「買い被《かぶ》らないでくださいな。あたしはそんないい女じゃありません。でも、そんなふうに思ってくださってありがとうございます」

会釈をして裏に向かう多加を呼び止める。

「幸太には言ったが、下手人が捕まった。ほどなくお預けも解かれるだろう。あとは何とか元の美濃屋で働けるといいな」

多加を見送った孫六の目には、下手人が捕まったと聞いた時の幸太の驚いた顔がいつまでも焼き付いていた。

「筑波《つくば》山と赤城《あかぎ》山はどっちが高いか知ってるかい？　お倫さん」

「芸者の時の芸名は、音吉だったかな、お倫さん」

「兎の数え方は一匹二匹じゃなくて一羽二羽だよな、お倫さん」

客で一杯の〈柚子〉の板の間のあちらこちらから一斉に声が飛んだ。

「そんな一遍に言われたって困りますよ、聖徳太子じゃないんですから」

客とお倫との賑《にぎ》やかなやりとりが、板場にいる孫六の耳にも届いている。

だが、孫六は上の空だ。

「また、手が止まってる」

板場に戻ったお倫が指で孫六の手の甲をつついた。

「さっきから、ぼんやりしてばっかり。幸太って子が言ったことを考えているんですか、おっかあが毎日笑っていてくれれば、それでいい。違いますか？」

「何でえ、お見通しかい」

「笑顔というのは、つまり、楽しい、幸せってことですよね。女の幸せといったら金か男、相場は決まっているじゃありませんか」

お倫が冗談混じりに笑い、客に呼ばれて明るく店に出て行った。

「金か男だ？　馬鹿言いやがる」

お倫がそんな女ではないことは、百も承知の孫六である。

お倫はかつて深川《ふかがわ》では人気の辰巳《たつみ》芸者だった。芸は売っても身は売らない、それが辰巳芸者の身上だからだ。

幸太は何か隠している——孫六はそう感じている。

だが、幸太の胸の内は何も摑《つか》めていない。

(聖徳太子か……)

何気なく呟《つぶや》いた時、ふと、思い出した。

聖徳太子と呼ばれるほど幸太は飛び抜けて耳がいいのだと多加が言った時のことだ。

あの時の幸太は、

「おっかあ、もうやめてくれ!」

と、語気強く言い、逃げるように奥に引っ込んだ。

(あの晩、幸太はやはり、物置小屋の中で盗賊の声を聞いたんじゃねえか。それがもし、聞き憶《おぼ》えのある声だとしたら……)

5

「おーい、丑松が死罪と決まったぜ!」

長屋の路地に駆け込んだ男が、興奮した声を響かせた。

「丑松が死罪だ、死罪だ、死罪だぜ！」

男は声を上擦らせながら各棟の戸を叩《たた》いて触れ回った。

住人が次々と家から飛び出して来た。

「誰から聞いたんだ」

「瓦版屋よ」

「いい気味だ、地獄へ堕《お》ちやがれってんだ」

「引廻《ひきまわ》しの日には皆で野郎の地獄行きを見送ってやろうじゃねえか」

「おう！」

その日、本郷《ほんごう》四丁目の「ひぐらし長屋」の路地は興奮の坩堝《るつぼ》と化した。

あまりの騒々しさに、幸太が、戸を少し開けて表を覗《のぞ》いた。

幸太は多加と一緒にこの長屋で仮住まいを始めていた。

「丑松って人は本当に下手人なの？」

幸太が長屋の住人に訊《き》いた。

「あたぼうよ。けど、そんなことはどうだっていいんだ。丑松が捕まって死罪になるんなら、それでいい」

「いいか、幸太。丑松はな、極悪人なんだ」

「そうともよ。あいつのせいでどれだけの人間が泣かされ、命を落としたことか」

「引廻しの日には、お前も、お前を怖い目に遭わした男の面を見に行け」

長屋の住人らの熱狂ぶりに戸惑うばかりの幸太だった。


孫六がひぐらし長屋に続く小道に入ると、長屋の木戸口から、俯《うつむ》き、思い詰めた様子の幸太が出て来た。

「幸太、新しい長屋には慣れたかい」

孫六は、長屋の向かいの一角に建つ地蔵尊の側に幸太を誘った。

「おじさん、丑松って人が死罪になるんだって」

「何人もの命を奪い大金を盗んだんだ、死罪もやむを得ねえ」

「…………」

「但し、丑松が本当に美濃屋を襲った下手人ならばの話だ」

幸太の目がわずかに泳いだ。

「極悪人かも知れねえが、真の下手人じゃねえんなら、話は別だ」

「…………」

「死罪のお裁きが出たのは、自分がやったと、丑松が自白したからだろう。目にしたくねえが、丑松への取調べはそれは厳しかったようだ」

幸太の表情が歪《ゆが》んだ。

「厳しい責め苦に耐え切れず、やっていなくてもやったと自白する場合がある。早く楽になりてえ一心でな。奉行所の役人も俺たち目明かしも、そのことは肝に銘じて、戒めねえとならねえんだ」

「…………」

「親や身内を殺された者が、一日も早く下手人を捕まえて罰して欲しいと願うのは人情だ。けど、誰でもいいとは思っちゃいねえはずだ。本当の下手人が裁かれることを願っていると思う。そうでなきゃ、命を落とした者たちの真の供養にはならねえんじゃねえのかな」

孫六の話を聞いた幸太は、じっと、一点を見つめている。

処刑の日が来た。

丑松が市中引廻しの上、小塚原《こづかっぱら》で磔《はりつけ》になると知った民衆が、引廻し一行が辿《たど》る沿道をびっしりと埋め尽くした。

市中引廻しとは、獄門・磔・火焙《ひあぶ》りに科した付加刑で、重罪の者を見せしめにすることで犯罪の抑止を目的としたが、被害者の溜飲《りゅういん》を下げる側面も当然あった。

引廻しにも軽重があり、軽いのは小伝馬町《こでんまちょう》の牢屋敷《ろうやしき》と江戸橋の間を引廻してから鈴《すず》ケ森《がもり》か小塚原のいずれかの刑場に向かう道順。

重い方は、日本橋・両国・筋違《すじかい》門・四谷《よつや》御門・赤坂《あかさか》御門に捨札、すなわち罪人の名前・年齢・出生地・罪状などを記した高札を立て、江戸城の外郭を引廻した後に刑場に向かうのを道順とした。

引廻しの一行が近づく様子は、まるで米相場の旗振り通信のように町から町へと伝えられた。

一行が神田川沿いの市兵衛《いちべえ》河岸に差し掛かったと伝えられると、ひぐらし長屋に近い本郷の通りは、瞬く間に見物人であふれ返った。

ひぐらし長屋の男たちは袂《たもと》に小石をいくつも放り込み、血相変えて駆け出した。

その様子を、幸太はたとえようのない悲しみを抱えて見送った。

一行は御弓町《おゆみちょう》を通り、突き当たりを左に折れて北に辿り、三丁目の角を右に曲がり不忍池《しのばずのいけ》方面に向かう。

長屋の連中は、通りの角の近くに陣取って、一行を待った。

すぐ近くに加賀《かが》前田家上屋敷があり、沿道には、岡っ引きや下っ引きが目を光らせている。

幸太も人波を掻《か》き分けて前に出て行った。

やがて、罪状を記した木の捨札や幟《のぼり》を掲げた者が先導し、後ろ手に縛られた丑松を乗せた裸馬がゆっくりと角を曲がってその姿を見せた。

裸馬の前後を、篠田与一郎の指揮の下、槍《やり》や刺股《さすまた》を持った警護の者が固めている。

幸太のすぐそこまで近づいた馬上の丑松は、無精髭《ぶしょうひげ》が伸び、刑場に送られようというのに太々《ふてぶて》しく嘯《うそぶ》いている。

「地獄へ行け！」

「ざまみろ！」

「罰当たり！」

沿道から丑松に向かって罵声《ばせい》が浴びせられ、次々と礫《つぶて》が投げつけられた。それらが丑松の背中、肩口、眉間《みけん》に当たって弾《はじ》けた。

「末期の水でも飲みやがれ！」

柄杓《ひしゃく》で芥《ごみ》の浮いた泥水を掛ける者までがいる。

丑松の頬に水に濡《ぬ》れた病葉《わくらば》が張り付くと、指を差して笑いが起こる。

だが、一行を指揮する篠田は、顔色一つ変えず、淡々と歩みを進める。

町人らの行いを、敢《あ》えて見て見ぬふりをしていた。

「化けて出てやるからな、よおく憶えておけ」

丑松はぎょろりと睨《にら》みつけ、沿道に向かって唾《つば》を吐き捨てた。

『丑松はな、極悪人なんだ』――

『誰でもいいとは思っちゃいねえはずだ。本当の下手人が裁かれることを願っていると思う』——

長屋の男の声と孫六の声が幸太の耳許《みみもと》に甦《よみがえ》る。

（いくら極悪人でも、あの馬に乗せられなきゃならないのは、別の男なんだ……）

裸馬に揺られる丑松を悲しく見送る幸太が駆け出した。

一行の前途、およそ十間（約一八メートル）先まで走ると、意を決して往来の真ん中に飛び出した。

「その人は違う！　強盗じゃない。強盗は三人組だ！」

前方を指差し、小さな体の全身を使って幸太は叫んだ。

ざわめきが大きくうねって通りを駆け抜けた。

「止まれ！」

篠田が引廻しの一行を止めた。

「あの小僧を捕らえろ！」

沿道警備の岡っ引きや下っ引きが一斉に逃げる幸太を追った。

幸太は懸命に逃げた。

追手を振り切ったと思った幸太を、数人の男女が目を吊《つ》り上げて取り囲んだ。

「その坊主を役人に引き渡せ」

「とんでもない子だねえ」

幸太の顔は恐怖で引き攣《つ》った。

その半刻《はんとき》ののち――

四文屋〈柚子〉の板場で仕込みをする孫六の手許も止まりがちだ。

その訳は無論、今日の丑松の引廻しと処刑が気に懸かるからだ。

南町が吟味を行い、南町奉行が死罪を上申の上、老中《ろうじゅう》が決裁した判決に異を唱えるつもりはない。とはいえ、

（丑松は真の下手人だろうか？　幸太が何か知っているのではないか？）

という思いは消えないままだった。

店先で物音がした。格子の隙間から覗《のぞ》くと、土間に子どもが突っ伏していた。

「幸太」

孫六は土間に飛び出して、幸太を抱き起こした。

「助けて、助けて、助けて……」

悲しげな目で訴え、力尽きたように気を失った。

孫六は急いで幸太を小部屋に担ぎ込み、横にした。

（幸太、いったい何があったんだ……）

その苦しげな寝顔に心が痛む。

「孫さん、大変、大変だよ」

土間にお倫の声が響いた。

孫六は障子を開けて訊《き》く。

「大変は三吉だけでたくさんだ。何の騒ぎだい」

「今日の処刑が取り止めになったんですよ」

「何だと？　訳を聞かせてくんな」

「引廻《ひきまわ》しの行列の前に子どもが飛び出して叫んだんだって。その人は強盗じゃない、強盗は三人組だって」

孫六はすぐに察した。幸太の仕業だと――

孫六はお倫に目配《めくば》せをする。

板の間の前に、くたびれた子どもの草履が脱いである。

「まさか、その子が、そこに？」

お倫は小部屋に駆け込み、幸太の枕辺に膝《ひざ》を折った。

幸太の苦しげな寝顔を、身じろぎもせず見詰めていたお倫が孫六を見た。

お倫の瞳《ひとみ》に涙が盛り上がっている。

「どうして、どうしてこの子はこんなに苦しそうな顔をしているの……どうして、どうして……孫さん、あたし、この子を守ってあげたい。守ってあげましょうよ、ね、孫さん」

お倫が涙の目で訴えたその時だった。

「おーい、ここだここだ」

男の声がして表戸が開け放たれ、十人近い人の群れが店になだれ込んで来た。

「おい、何の騒ぎだ」

孫六は土間に出て行った。

「親分、あの坊主を出しておくんなさい」

「あの坊主がここに逃げ込んだのを見た者がいるんだ」

「いるんでしょ、幸太の奴が」

興奮した口調で言う者の中には、ひぐらし長屋の住人の顔もあった。

「丑松はロクでもねえ野郎だ、極悪人なんだ」

「あの野郎に酷《ひど》い目に遭わされた者が、この江戸にゃどれだけいることか。親分だってご存じでしょ？」

「野郎を八つ裂きにしても、怒りは収まらねえんですよ」

「丑松は、死んで詫《わ》びるしか道はないって」

「あんな男は死ねばいいんだ」

「そうだ、死ぬのが世の中のためってもんだ」

丑松に泣かされた者らが、唾を飛ばして口々に訴えた。

「今日こそはあの野郎が地獄に堕《お》ちるのをこの目で見届けることが出来る、俺は今日という日を待ち望んでいたんだ」

「それを、あの坊主がつまらねえ真似しやがって」

「つまらねえ真似？」

「そうよ、処刑が取り止めになっちまったじゃねえか」

引廻しの一行に向かって、丑松は強盗ではない、つまり下手人ではないと叫んだ幸太は、役人ではなく沿道の人々に取り囲まれた。恐怖に身を竦《すく》ませた幸太は、やっとの思いで逃げ出し、〈柚子〉に助けを求めて駆け込んだのだろう。

「親分、ここにあの坊主を引っ張り出してもらいてえんだ。とっちめてやる」

「皆、少し落ち着きねえ。お前さんたちの丑松への恨みつらみは、きちんと聞かせてもらう。だが、あの年端もいかねえ幸太を、大の大人が寄ってたかって大声で責め立てるのは酷ってもんだ」

「親分は何だってあの坊主を匿《かくま》うんですか」

「幸太が引廻しの行列に向かって何と叫んだか、それは聞いた。それじゃ訊くが、お前さん方は、幸太の言ったことが間違いだと、そう言うんだな。幸太がしたことをつまらねえことだと、本気でそう言っているんだな。どうなんだ」

孫六が一同を見据えた。

「そんなことはどっちでもいいんだよ！」

「どっちでもいい？」

「ああ、そうですよ」

「間違いでも間違いじゃなくても、どっちでも！」

「丑松が処刑されたらいいんですよ」

一同の顔は次第に紅潮し、目は吊り上がっている。

「出て来い、坊主！」

「何であんな真似しやがったのか、俺たちの前で説明しやがれ！」

小部屋では騒ぎに気がついた幸太が、耳を塞《ふさ》いで震えていた。

それをお倫が強く抱き締め、励ましていた。

「いい加減にしろ、血迷うんじゃねえ」

太く強い声がして、木之内が割って入った。

「北町の木之内だ。これ以上騒ぎを大きくすると、お前たちをお縄にしなきゃならねえぜ」

鋭い目で見渡されて、その場はしんと水を打ったように静まった。

「お前たちの気持ちはこの俺もわからねえわけじゃねえ。奴をこれまでふん縛れなかった不甲斐《ふがい》なさは、身に染みている。この通りだ」

木之内が頭を下げた。

「だから、今日のところは引き上げてくれ」

孫六は驚いていた。

木之内が町人たちに向かい、己の不甲斐なさを口にして頭を下げる姿など見るのは初めてだった。

町人たちは木之内の言葉と態度に怒りの矛を収め、ぞろぞろと引き上げた。

「木之内様、ありがとうございました」

「丑松に泣かされた者たちのようだが、あの熱狂ぶりは尋常じゃなかった。まるで催眠の術にかかったみてえで怖かった。それだけ丑松を憎んでいたんだろうが」

町人たちと入れ違いに表で心配そうな呼び声がした。

「幸太、幸太」

「親分さん、幸太はどこにいますか」

血相変えて駆け込んで来たのは多加と章吾だった。

「さらし屋の章吾と多加じゃねえか。幸太はその小部屋にいるよ」

その声が聞こえたのか、お倫が小部屋の障子をそっと開けた。

「幸太、おっかさんと、瓦版《かわらばん》屋の章吾さんだぜ」

孫六が部屋に向かい声を掛けた。

「幸太、大丈夫かい？」

身を乗り出すようにして訊く多加に、幸太が小さく頷《うなず》き返した。

章吾が神妙な面持ちで続けた。

「大した男だな、幸太は。誰にも後ろ指差されることはねえ。胸を張るんだぜ。けどな、丑松がもし下手人でなかったら、俺は瓦版屋を辞める。お前たちにだって合わす顔がねえ。江戸を離れて田舎にでも引っ込む」

章吾は指の傷を触りながら、伏し目がちに言った。

その様子を、幸太が息を呑み、瞬き一つせず見詰めている。

「何を言うのよ、いきなり」

多加が驚いて目を見開いた。

「仕方ねえじゃねえか。俺は間違った瓦版を書いちまったんだ。やってもいねえあの男を獄門台に送るところだったんだぜ」

「だからといって、何も瓦版屋を辞めることはないじゃないの。まして、江戸を離れるだなんて言わないで」

「けじめなんだよ」

「あんた」

縋《すが》るように訴える多加を、幸太が悲しげに見詰めている。

「お前がそこまで南町の裁きの責めを負うことはねえよ」

章吾に胡散臭《うさんくさ》さを感じる孫六だったが、図らずも木之内の言葉は棘《とげ》を含んだ。

「幸太は当分の間ここで面倒を見る。二人とも心配しねえで、今日のところは引き上げてくんな」

孫六が多加と章吾を店先まで送りに出た。

「章吾、幸太は疲れている。ゆっくり休ませてやりてえ。元気になったら俺が色々と訊《き》いてみる。何かわかったら、すぐに篠田様とお前に報《しら》せる」

章吾は孫六の心の奥を探るような目をして、多加とともに帰った。


孫六は木之内を店の板の間に通した。

「あの男、どうして訊かなかったんだろうな……」

木之内が小首を傾げた。

「丑松は下手人じゃねえと言うからには、幸太は本当の下手人について何か知っているということだろ。間違った瓦版を書いたと己を責めるより、新たに調べを加えて正しい瓦版を書けばいいだけの話だ。だとすれば、当然こう訊くはずだ。どうして丑松は下手人じゃねえと言ったのか、と」

「ごもっともで」

「今月朔日《さくじつ》、奉行所で孫六はこう言った。幸太は何か隠している、隠しているというより、何かに口を噤《つぐ》んでいる、そんな気がしてならぬのだ、と」

「申し上げました。幸太は当初、怖くて物置小屋で震えていて何も憶《おぼ》えていないと言っておりました。本当は強盗一味の声を聞いたのでしょう。その中に聞き憶えのある声を聞いたに違いありません」

「どうしてそう思うんだ」

孫六は、幸太の耳が人より格段にいいという話をした。

「つまり、幸太は何人もの人間の話す声を聞き分けられるというのだな。問題は、幸太がなぜ口を噤んだのか、その訳だ」

「それは、母親に関わりがあるんじゃねえでしょうか」

「多加に？」

その時、小部屋から、けたたましいお倫の声がした。

「孫さん、ちょっと来ておくれ、坊やの様子がおかしいんだよ！」

孫六と木之内はすぐに小部屋に向かった。

夢にでも魘《うな》されているのか、幸太がうわ言を発していた。

「聞きました……丑松って人の声を、聞きました、黙っていてごめんなさい……」

「坊や、しっかりするんだよ、しっかり」

お倫の励ましが届いたのか、幸太は再び眠りに落ちた。

「どういうことかしら……」

「素直に聞けば、幸太は丑松の声を聞いた、つまり丑松が強盗一味だと、そう聞こえる。けど、何か腑《ふ》に落ちねえ。多加なら何か知っているかも知れねえな」

「孫さん、あたしがひとっ走りします。本郷のひぐらし長屋でしたね、今ならあの二人に追いつけるかも知れないいし」

「すまねえな」


半刻《はんとき》ほどのち——

「篠田様が幸太を奉行所に連れて行った？」

孫六は思わず声を高くした。

お倫が呼び戻した多加から、思いもよらぬ言葉が返ったのだ。

「下手人を捕まえたから幸太に力を貸して欲しいと、そう仰《おつしや》られて」

「俺が、三右衛門さんのところに〈いがまんじゅう〉を届けた後のことだな」

「はい」

「幸太の耳がいいってことは、篠田殿も知っているのか？」

木之内が訊いた。

「町名主の三右衛門は、誰が来てどんな話をしたか、すべて報告するようにと、篠田様から命じられておりました。幸太の耳が人に気味悪がられるほどいいという話も、篠田様のお耳に入っているはずです」

「さては」

木之内も瞬時に、孫六が脳裏に浮かべたのと同じ光景を思い浮かべていた。

「何て酷《ひど》い真似をなさったのだ、篠田様は……」

「酷い真似って、どういうこと、孫さん」

お倫と多加が心配げな顔を向けた。

「奉行所から戻って、何か言ってたかい、幸太は」

「何を訊いても黙ったままで、部屋の隅で項垂《うなだ》れていました」

「可哀相に……木之内様、行って参ります、篠田様のところへ」

篠田の取った行動に怒りが込み上げていた。

「俺も引き上げよう。八丁堀まで一緒に行かぬか」

木之内が孫六を誘った。

「木之内様、何かお話があるんじゃございませんか。もしかして、篠田様のことでしょうか」

道々、孫六から木之内に水を向けた。

すると、ずっと押し黙っていた木之内が重い口を開いた。

それは、いざ話すとなると口が重くなるのも肯《うなず》ける、四年前に起きた暗い出来事だった。

すなわち——

篠田の妹が、丑松らしき男に乱暴された。だが、妹は良縁が決まっており、父母を含めた周囲の者は、事件をなかったものにしたかった。

篠田は何よりも妹の気持ちを大事にして、心を鬼にして表沙汰《おもてざた》にしなかった。

しかし、ある日、妹は三行半《みくだりはん》をもらって家に戻り、ほどなく自害した。妹は隠し事をする負い目に押し潰《つぶ》されたのだろうと憐《あわれ》んだ。

ところが、衝撃的な事実を突きつけられた。

妹の嫁ぎ先に、妹は傷物だと嘲《あざわら》笑う投げ文があった。その文面には、乱暴狼藉《ろうぜき》を働いた日時や場所、酷い状況などが詳細に記されていた。

そのような残酷なものを夫や舅《しゅうと》姑《しゅうとめ》から突きつけられた篠田の妹の胸中は如何《いか》ばかりだっただろう。

——語り終えた木之内が、ぺっと、唾棄《だき》した。

話を聞いた孫六もまた、胸が悪くなり吐き気を覚えた。

篠田が丑松に対して異常なまでに厳しい拷問を加えた、その怒りの源がようやく理解できた。

妹が自ら命を絶つきっかけとなった投げ文を知った時、篠田は復讐《ふくしゅう》を誓い、いつの日か丑松を獄門台に送ろうと決意したに違いなかった。

6

「篠田の旦那《だんな》、さらし屋の章吾です」

八丁堀の篠田の役宅の入口で章吾の声がした。

篠田は謹慎中の身だった。

丑松の処刑中止という事態を、加賀前田家上屋敷の近くで惹《ひ》き起こした事実を重く見た南町奉行の判断だった。

篠田は入口に出て行った。

「何の用だ」

「ちょいとお見舞いに」

「見舞いだと？」

「とんだことになりましたね、旦那。まさか、謹慎なさったとは知りませんでした。ですが、旦那、今度ばかりは瓦版《かわらばん》は書きませんので、どうぞご安心ください」

章吾の恩に着せたような口振りに、篠田は反撥《はんぱつ》を覚えた。

「俺を憐《あわれ》むのか」

「憐むなんて滅相もありません」

「書けばいいだろう、書けば。それがお前の仕事だ。世に真実を知らしめるのが瓦版屋の使命だと、そう大見得を切っていたではないか」

「本当に書いても構わねえんで？」

それまで腰を低くしていた章吾が冷たい口調に変わった。

「俺には、丑松が美濃屋の封印をした切餅《きりもち》を持っていたとは、どうしても思ねえんですがね」

「…………」

「丑松検挙は奉行所の自作自演、丑松は濡《ぬ》れ衣《ぎぬ》、人身御供《ひとみごくう》か……てなことを書いてもよろしいんで？」

篠田は全身から血の気が引くのを覚えた。

そして、はたと気づいた。

丑松が真の下手人ではないと、章吾はなぜ嗅《か》ぎつけたのかと不可解だった。

だが、章吾当人が真の下手人であれば何の不思議もなかった。

「お前のような悪党が瓦版屋とはな……」

「悪党だってお天道様の下で生きていきたいんですよ。篠田様、これからも持ちつ持たれつでよろしくお願い致します」

「俺はお前から鐚《びた》一文受け取ってはおらぬ。世の中を少しでも良くしたい一心で様々な情報をお前に流したのだ。持ちつ持たれつなどと片腹痛い」

「左様でございますか。ごめんなすって」

冷ややかな視線を投げて、章吾が出て行った。

（おのれ、章吾……）


ちょうどその頃、孫六もまた、三吉を連れて篠田の役宅に向かっていた。

南町奉行所で篠田が謹慎の身であると知ってのことだ。

孫六は素早く身を隠した。

篠田の役宅から章吾が出て来るのが見えたからだ。

「瓦版屋の章吾だ。何しに来たんでしょうね」

章吾は用心深く注意を払い、通りを戻って行った。

入口で訪《おとな》いを入れると、すぐに篠田本人が姿を見せた。

篠田の顔は血の気が引いて蒼白《そうはく》である。

「如何《いかが》なさいましたか、顔色がお悪いようですが」

「ちと、立ちくらみがしただけだ。孫六、何用だ」

「幸太のことで、ちょいとお話が」

「上がれ」

孫六は三吉を表に待たせて、居間に上がった。

「話を聞こう」

「幸太を奉行所に呼んだそうですが、その訳をお聞かせくださいまし」

「無礼だぞ、孫六。取調べの一環に決まっておろう。丑松の声を聞かせたのだ」

「何ですって」

「美濃屋が襲われた晩、隠れていた物置小屋の中で丑松の声を聞かなかったかと、幸太に問い質《ただ》した」

「幸太が人並み外れた聴力の持ち主であると三右衛門からお聞きになって、言わば〈声の首実検〉を幸太にさせたのでございますね」

「そういうことだ」

「血の付いた美濃屋の封印がされた切餅が丑松の塒《ねぐら》でみつかり、それを決め手として、篠田様は丑松を召し捕られた。耳のいい幸太に丑松の声を聞かせたのは、証《あかし》をさらに固めるのが目的、そういうことでしょうか」

「さすがは十手名人の孫六、その通りだ」

「まさか丑松を厳しく責め立てるところを幸太に見せたんじゃねえでしょうね」

「それもやむを得まい」

「何てことを。年端のいかねえ子どもにそんな辛《つら》い思いをさせるなんて」

「辛い思いだと？　何が辛いのだ、孫六」

「おわかりになりませんか。その時はいざ知らず、幸太は刑場に向かう丑松の引廻《ひきまわ》しの一行に向かって、その人は下手人じゃねえと、勇気を振り絞って訴えたのでございますよ」

「…………」

「幸太は真の下手人を知っております。しかし、心ならずも、はいと答えたのでございます。真の下手人と言われても、旦那には心当たりはねえかも知れませんが」

孫六がひたと篠田を見据えると、篠田はすっと目を逸《そ》らした。

「一つお訊《たず》ね申し上げます。丑松検挙のきっかけは投げ文だとお聞き致しました。何者の仕業でございましょうか」

「答える必要はない」

「本当に投げ文があったのでございますね」

「無礼だぞ、孫六。俺が謹慎の身と知って、侮るか。それ以上無礼雑言を申すと、そのままには捨て置かぬぞ」

脇に置いた差料を引き寄せるのを見て、孫六は油断なく身構えた。

「血に染まった切餅を丑松の塒に置けるのは、丑松本人と丑松の仲間、そう考えるのが自然ですが、そうとばかりは限りません」

「貴様、俺の取調べに難癖を付ける気か！」

「事件の翌朝、辱めを受けて死んだ娘の傍で、旦那は何かを拾い上げた。あれは何だったのでございましょうか」

「…………」

「ご無礼申し上げました」

孫六は油断なく目礼を送り、引き上げようとした。その背中で、

「丑松は極悪人だ。毒虫にも劣るつまらぬ男、わが足で踏み潰《つぶ》すのも汚らわしい」

篠田が低く吐き捨てるのが聞こえた。

篠田は、丑松検挙の裏にある屈折した正義感と、丑松に対して抱く激しい憎悪を露《あら》わにした。

孫六は篠田を返り見た。

「丑松の非道ぶりは、丑松に泣かされ、血の涙を流した者たちから聞きました」

「…………」

「篠田様は、殺された娘の身形《みなり》を整え、手を合わせていなすった。畜生働きをする盗賊を憎むお気持ちが痛いほど、あっしの胸に伝わって参りました。あっしだって、腸《はらわた》が煮えくり返る思いでございました。しかし」

「…………」

「たとえ丑松が極悪人であろうとも、どんなに篠田様が丑松を憎んでいようとも、問えねえ罪で獄門台に送るわけには参りません。それは間違っております。その罪を罪としてきちんと問う、それがあっしの十手魂でございます」

引き上げようとする孫六を、篠田が呼び止めた。

「幸太の身が危うくなるやも知れぬ。孫六、幸太の身を護《まも》ってやってくれ」

「篠田様は真の下手人にお心当たりがおありだ。それは、あっしの胸にある名前と一緒だと思います」

篠田の役宅を出た孫六は、待っていた三吉に命じた。

「三吉、篠田様を見張るんだ。何か動きがあったらすぐに知らせてくんな」

「合点で」

孫六は覚悟を決めてひぐらし長屋に多加を訪ねた。

幸い、幸太は多加の使いで外に出ていた。

孫六は居間の端に腰を掛けた。

孫六の厳しい視線に気圧《けお》されたように、多加が身を固くした。

「事件の晩、幸太は物置小屋で押し込み強盗の声を聞いた。その声の主は、章吾だ」

「ええっ。でも、あの人はあの晩、あたしと一緒に……」

「一晩中、お前の傍にいたと言えるのかい？」

多加は自信のない様子で目を逸らした。

「いつか幸太が言ってた言葉を思い出しな。おっかあが毎日笑っていてくれれば、それでいい。その言葉の裏を返せば、おっかあの悲しい顔や涙は見たくねえ、そう言っていたんだ」

「…………」

「本当のことを言えば章吾が捕まり、お前が悲しむ。今が幸せそうなお前から笑顔が消える。それが見たくなくて、幸太は口を噤《つぐ》んだんだ」

「…………」

「多加、俺がここに来たのは南町の篠田様に言われてのことだ。幸太の命が危うくなるかも知れねえ、幸太の身を護ってくれ、と」

「幸太の命が……？」

多加の顔が強張《こわば》り、声が震えた。

「幸太は篠田様に奉行所に連れて行かれ、物置小屋で聞いたのは丑松の声かと問い質された。丑松への拷問を見せつけられ、幸太は心ならずも、はいと答えた」

「…………」

「しかし、幸太は良心の呵責《かしやく》に耐え切れなかった。だから、丑松引廻しの一行に向かって真実を叫んだ。すると今度は、可哀相に、丑松に酷《ひど》い目に遭わされた者たちから、余計な真似をしたと詰《なじ》られた」

「それならどうして、あの晩あの人はあたしと逢引《あいびき》を……」

多加が混乱して訊《き》いた。

「幸太が俺の店に駆け込んだ日、お前と一緒に章吾が来た。章吾は思い詰めた顔で瓦《かわら》版《ばん》屋を辞めて江戸を離れると言った。お前は驚いて章吾に縋《すが》り、幸太が悲しい目をしてお前を見ていた。わからねえか、章吾は幸太の口封じに来たんだよ」

「それじゃ、あの晩あの人があたしを呼び出したのは……」

「お前の命だけは助けたかったんだろう、美濃屋を襲うと決めていたからな」

「そんな、幸太がいるのに……」

多加は心を乱し、忙《せわ》しくその目が泳いだ。

「あたしはどうしてこうも男を見る目がないんだろう」

「辛いだろうが、多加、これ以上幸太を苦しめちゃ可哀相だぜ」

表に人の気配がした。

腰を上げて戸を開けると、戸口に幸太が立っていた。

「幸太」

多加の眼から大粒の涙がこぼれて落ちた。

「幸太、ごめんよ、許しておくれ」

多加は裸足《はだし》のまま土間に降りると、幸太に駆け寄り、ひしと抱き締めた。

「幸太、辛《つら》い目に遭わせてすまなかったな。だが、これだけは言わせてくんな。お前のおっかあは、自分だけが幸せになろうなんて、そんなふうに思うおっかあじゃねえ。誰よりも幸太のことを一番に考えている。お前のことを悲しませたり、苦しませたりしてまでも幸せになろうなんて、これっぽちも考えていねえんだぜ」

孫六の真摯《しんし》な眼差《まなざ》しを受けて、幸太はしっかりと頷《うなず》いた。

7

大番屋の詰所にいた役人や牢番《ろうばん》たちが怪訝《けげん》な目を向けた。

謹慎中の篠田が身形を整え、前触れもなく姿を見せたからだ。

「本日ただいま、お奉行より謹慎が解かれた。併せて、証《あかし》不十分として丑松解き放ちのご下命があった。吟味与力殿からその旨お達しがあったと思うが、如何《いか》に」

その場の者はそうした達しはないと首を傾げた。

「それは何かの手違いだろう」

篠田は有無も言わせずそのまま仮牢に向かった。

「丑松、お解き放ちだ」

丑松は太々《ふてぶて》しい態度で出入口まで寄って来た。

すると、篠田は腰を屈《かが》め、立て膝《ひざ》を突いた。

「丑松、俺の手落ちで痛い目に遭わせちまったな、勘弁してくれ」

「勘弁してくれで済むんなら奉行所は要らねえ」

篠田は意に介さず、耳打ちでもするように声を抑えて続ける。

「お前に打ち明けるべきかどうか迷ったが、土産に一つ教えてやろう」

「何をもったいぶっていやがる」

「それを知れば、お前が奴をただで済ますとは思えねえんでためらっているのだ」

「じれってえな、さっさと言え」

「ならば言おう。お前を嵌《は》めたのは瓦版屋の章吾だ」

「何だと」

「ここを出れば、命を狙われるかも知れぬ、せいぜい気を付けることだ」

「何で俺が命を狙われるんだ、おかしいじゃねえか」

「わからねえか、丑松。まんまとお前を獄門台に送るつもりが、土壇場でその当てが外れたんだ。上手の手から水が漏れて、奴は焦っているぜ」

「それじゃ旦那《だんな》は、章吾が真の下手人だと……」

「章吾は表向きはご政道を批判する瓦版屋だが、どうしてどうして、正義面をしたしたたかなワルだ」

篠田は牢番に命じて鍵《かぎ》を開けさせた。


大番屋の入口を見通す物陰に、孫六と三吉が身を潜めていた。

腰高障子が開いて、丑松が出て来た。

丑松は大番屋を振り返ると、ぺっと、唾棄《だき》し、小走りで立ち去った。

「三吉」

孫六に言われて、三吉が丑松の後を尾《つ》ける。

しばしあって、戸口に篠田が顔を覗《のぞ》かせた。

篠田の刺すような視線が、遠ざかる丑松の背中に向けられていた。

代地河岸《だいちがし》とは柳橋《やなぎばし》の大川岸一帯の通称で、料理屋や芸者の置屋が多い。とはいえ遠く四つ（午後十時頃）の鐘が聞こえるこの時刻になると、明かりを落とす店もあり、行き交う人の姿も少なくなる。

かすかに聞こえる三味の音色を耳にしながら、鳥居をくぐり、境内の石畳を用心深く歩く人影——丑松。

「出て来い、瓦版屋」

すると、社殿の陰からゆっくりと章吾が姿を現した。

「お前か、瓦版屋の章吾って野郎は。俺を呼び出して何をしようってんだ、ええ？」

丑松から切り出した。

「手前《てめ》ぇの方こそ、しがねえ瓦版屋を強請《ゆす》るとはどういう了簡《りょうけん》だ」

章吾が油断なく身構えた。

「何ぬかしやがる。仲間に入らねえかと投げ文をしたのはそっちだろ」

丑松が袂《たもと》から取り出した文を突きつける。

「俺は手前ぇの文を見てここへ来たんだ。俺を仲間に入れろ、持参金はそっち持ちだってな。洒落《しゃれ》た口を利いてくれるじゃねえか」

章吾もまた文を突きつける。

「とぼけるな！　こんな小粋な場所に呼び出して油断させ、闇に葬るつもりだろうが、そうはいかねえ。地獄へ行くのはお前の方だ」

丑松が匕首《あいくち》を抜いた。

「手前ぇ、何か嗅《か》ぎつけやがったな」

「白状しやがった。美濃屋を襲ったのは手前ぇだな。手前ぇのお陰で俺は磔《はりつけ》柱《ばしら》に括《くく》られる寸前だったんだ。たっぷりと礼をさせてもらうぜ」

丑松が匕首を握る手に唾《つば》を吹き掛け、章吾に突きかかろうとした時。

章吾の手下の権六と政吉が飛び出して脇差《わきざし》を抜いた。

「誰に吹き込まれたのか知らねえが、俺たちの正体を知られたとあっちゃ生かして返すわけにはいかねえ。死んでもらうぜ」

章吾ら三人、遮二無二、丑松に斬りかかる。

刃《やいば》を躱《かわ》し切れず幾つも手傷を負い、瞬く間に丑松は追い詰められた。恐怖に顔を引き攣《つ》らせ、必死に活路を見出《みいだ》そうとした丑松だったが、何かに躓《つまず》き、置き石に頭を強く打って昏倒《こんとう》した。

「世話を焼かせやがって」

章吾が丑松の傍に立て膝を突き、匕首を突き立てようとした時。

「それまでだ」

声がして、篠田が姿を見せた。

「章吾と一味の者、美濃屋襲撃の科《とが》で召し捕る。神妙にしろ」

「篠田様……さては、投げ文は旦那の仕業でしたかい」

「頭の切れるお前にしては少々気づくのが遅かったようだな」

篠田が刀の柄《つか》に手を掛けた時。

「斬っちゃなりません」

一部始終を目撃した孫六が、満を持して躍り込んだ。

「いけませんぜ、篠田様、謹慎を破っちゃ」

孫六は篠田を庇《かば》うようにして、ずいと、章吾の前に踏み出す。

「お前は、幸太が働いていると知りながら美濃屋を襲ったんだな」

「連れ子なんぞどうなろうと知ったことか」

「お前がそこまで人でなしだったとは。正義の瓦版《かわらばん》屋が聞いて呆《あき》れるぜ。畜生働きの頭目章吾、神妙にお縄を頂戴《ちょうだい》しな」

「奉行所の犬に嗅ぎ回られて、うんざりしていたんだ。そっちこそ覚悟しな」

章吾、権六、政吉が、孫六を取り囲むように広がった。

「権六、政吉、その犬を大川に沈めてやんな」

孫六は油断なく腰の十手を引き抜くと、十手を握る右手を外に、左手を内にして胸の前で交差させた。

〈破邪顕正《はじやけんしよう》の型〉の内の〈邪〉の構えである。

左から権六が、わずかに間を置いて右から政吉が脇差で斬り掛かった。

権六の刃は身を躱しながら十手で受け流し、政吉の刃には十手を刃の下に擦り込み、十手鉤《かぎ》で刀身の自由を奪いながら足を払い、転倒させた。

権六が体勢を整え、再び斬りかかった。その刀身を十手で受け止めると同時に、左手で相手の右手を柄ごと摑《つか》むと、体全体を使って横転させた。すかさず、その肩口を打ち据えた。

「野郎!」

章吾が孫六の背後から匕首を突き出した。反転した孫六は、ぎりぎりのところで匕首を避《よ》けながら左の脇を締めるようにして章吾の腕を挟み、その自由を奪った。

口惜しげに睨《にら》みつける章吾のこめかみの辺りを十手で強打、くらっとよろけたところへ、さらに脳天に一撃を見舞い、昏倒させた。

その時、息を吹き返した丑松が、ふらふらと立ち上がった。

「丑松、すぐに医者を呼んでやる」

逃げようとする丑松の前に篠田が立ちはだかった。

「この俺を、瓦版野郎に殺させようとしたくせに、何が医者だ!」

「虫けらのくせによく頭が働く。そうだ、相討ちになってもらう算段が狂った。となればお前に今死んでもらっては困るのだ。だから、医者を呼ぶ。手を煩わせるな、俺の剣の腕前にお前は勝てはせぬ。手向かうなら覚悟致せよ」

篠田が鯉口に手を掛け、ずいと踏み出した。

挑発するような篠田に、丑松のこめかみに青筋が立った。

「しゃらくせえ！」

丑松が体ごとぶつけるようにして、篠田の腹を目掛けて匕首を突き出した。

刃は深々と篠田の腹に突き刺さった。

「しまった」

篠田の余裕ぶりと、章吾との歴然とした腕の差を看破したがゆえの、孫六の一瞬の油断だった。

刺されるがままの篠田に、刺した丑松の方が戸惑いを浮かべ、後退《あとじさ》りした。

あたふたと逃げる丑松の足許《あしもと》に向かい、落ちていた太い木の枝を投じた。

枝に足が絡み、転倒した丑松に駆け寄った孫六が十手を見舞い、眠らせた。

「篠田様、しっかりしなせえ」

篠田のもとに駆け戻り、抱き起こした。

だが、深傷《ふかで》で出血が多く、その顔から血の気が引き、唇も真っ青である。

篠田が息も絶え絶えに口を開いた。

「切餅《きりもち》を丑松の塒《ねぐら》に置いたのはこの俺だ。少し前に丑松が江戸に戻ったと聞いて、奴の塒を突き止めた。その時から奴をどうやって獄門台に送るか、そればかりを考えていた。子飼いの下っ引きを使い、酔い潰《つぶ》れた丑松の家に、美濃屋の封印のある血に染まった切餅を忍ばせた」

「その切餅は、乱暴された美濃屋の娘の傍に落ちていたものですね」

「そうだ。懐から切餅が落ちるのも気づかず、娘に畜生働きをする人非人が、反吐《へど》が出るほど憎かった。憎さが募るあまり、俺は魔道に落ちた。捕らえるべきは章吾なのに、道を誤ってしまった……」

孫六は返す言葉も見当たらなかった。

「だが、孫六のお陰で真の下手人の章吾を獄門台に送れる。あの娘も浮かばれるだろう……孫六、これだけは信じてくれ。俺は章吾に情報を流した。だが、何一つ見返りを求めたことはない。天地神明に誓う……」

「旦那《だんな》のお言葉、心して承りました」

「孫六、丑松を同心殺しで捕らえよ」

その一言で、篠田の意図に気づいた。

「それじゃ、旦那は端《はな》っから丑松に刺されるお覚悟だったんで」

「これで、丑松を罪に問える……」

「残酷な投げ文に苦しめられ、この境内で自害なさった妹さんも浮かばれます」

「孫六、そこまで調べてくれたのか、かたじけない……」

篠田は苦しい息の下で微《かす》かに笑みを浮かべ、事切れた。

虚《むな》しい静寂が訪れ、孫六の耳許に物悲しい三味の音が甦《よみがえ》った。


章吾並びに手下の権六、政吉の三人は斬首《ざんしゅ》、丑松にも改めて厳しい吟味があり、余罪も糾弾され、磔《はりつけ》が申し渡された。


孫六が〈柚子〉の板場で浮き浮きとして腕を振るっている。

「あらあら、張り切っちゃって、まるで良い人に食べさせてあげるみたい」

お倫がからかった。

幸太と多加は、桑助が再興した美濃屋で働けることになった。

ふたりがひぐらし長屋を出る日に、幸太がまた食べたいと言っていた〈いがまんじゅう〉を届けると、幸太と約束していたのである。

その日が明日に迫った。

（待ってろよ、幸太。前のよりもっと旨《うま》いのを拵《こしら》えてやるぜ）

第四話「三吉の恋」

1

神田相生町《かんだあいおいちょう》の四文屋〈柚子《ゆず》〉は今夜も賑《にぎ》わっている。

矢継ぎ早に飛ぶ酒の注文を、お倫《りん》がきびきびと捌《さば》いている。

棚の色とりどりの小鉢や小皿に入れた惣菜《そうざい》がどんどんなくなるので、孫六《まごろく》はその補充に大忙しである。

「大変だ大変だ大変……」

表で聞こえた三吉《さんきち》の声が途中で萎《しぼ》んだ。

そっと暖簾《のれん》を割り、足を忍ばせるようにして、三吉が入って来た。

大声を上げて飛び込めば店の客が驚く、客の興《そ》を削がないよう静かに入って来いと、孫六が日頃から言い聞かせていた。

「三吉、いい心懸けだ」

孫六は板場の格子越しに言って、待合に出て行った。

黙って目で先を促すと、三吉も声を落とした。

「池之端七軒町《いけのはたしちけんちょう》の出合茶屋『蓮花屋《れんげ》』の裏手で、旗本が刺されました」

「旗本？　差配違いじゃねえか」

「それが刺したのは町人らしくて。それで木之内《きのうち》の旦那が」

「わかった」

孫六は客ににこやかに会釈をしながらお倫を捕まえる。

「行ってくる。後は頼むぜ」

「あいよ」

お倫が胸に手を当てた。


「木之内の旦那、遅くなりました」

事件現場の池之端七軒町の出合茶屋蓮花屋の裏手には、すでに北町奉行所定町廻り《きたまちぶぎょうしょじょうまちまわ》同心《どうしん》木之内一徹《いってつ》と検死医がいて、亡骸《なきがら》の検死を終えていた。

孫六の目に、奇妙な光景が映った。

「あれですか」

木之内が呆《あき》れ顔で頷《うなず》き返した。

柳の木の根元に筵《むしろ》が垂れ下がり、夜風に揺れていた。

孫六はその筵を捲《まく》り、三吉から受け取った提灯《ちょうちん》で中を照らした。

身形《みなり》のいい武士が、木に凭《もた》れて座り込んだまま事切れていた。

白目を剝《む》き、その腹部が血で真っ赤に染まっていて、腹の傷が致命傷だと検死医が言った。

「御目付《おめつけ》に使いを走らせた」

もし、下手人が町人ならば、たとえ命を取り留めたとしても、いずれ切腹の沙汰《さた》が下ったことだろう。刀の柄《つか》に手も掛けず、正面から刺されたとあっては士道不覚悟もいいところだ。

こうして筵を掛けたのは、武士の恥を人目に晒《さら》さぬようにとの、木之内の同じ武士としての心配りだった。

血塗《ちまみ》れの庖丁《ほうちょう》が亡骸の傍に置かれていた。

「この庖丁は？」

「侍の腹に刺さっていた。先生の立ち会いの許《もと》で、俺が抜いた。柄のところに指の痕《あと》が付いているから注意しつつ、な」

「随分錆《さ》びておりますね、刃もぼろぼろだ。家の台所からでも持ち出したんじゃありませんか。こいつを元に下手人を割り出すのは難しいかも知れません」

「そこの二人が目撃者だ」

向こうで歳の離れた、いささか訳ありらしき男女が身を固くしている。

「逃げたのは町人と聞いたが、間違いねえな」

孫六から二人に近寄って訊《き》くと、女が答えた。

「はい。女の人でした。二十二、三の」

「姿や身形で何か憶《おぼ》えているかい？」

「背恰好《せかっこう》はあたしと同じくらいで、南天の柄の小袖《こそで》でした」

いわゆる中肉中背ということだろう。

「刺したところを見たのかい？」

「いいえ、見ていません。初めは揉《も》み合うような声が聞こえました」

「揉み合う、というと？」

「男が嫌がる女を口説いている様子でした。でも、いつの間にか、その声も聞こえなくなりました」

代わって年上の男が答えた。

「帰りしなに、あの路地から出ると、南天の柄の小袖を着た女の人がお武家様の顔を覗《のぞ》き込んでいて、私たちに気がつくと急いで向こうに逃げました」

女が身振り手振りで教えた。

「お前さん方があの路地を出たのは、揉み合う声が聞こえなくなってすぐのことなんだな？」

するると、二人が確かめ合うように顔を見合わせた。

「いいえ、少し後です」

「少し、というと？」

二人は困った様子で、また顔を見合わせた。

少しと言うが、十や二十を勘定する程の時の長さではなさそうだ。

「お前さん方は蓮花屋の客かい？」

「はい、店を出てから、そこの路地に……」

男が決まり悪そうな顔をした。

密会して店を出ても尚《なお》、別れ難かったということか。

「ありがとよ。長いこと引き止めてすまなかったな」

孫六は木之内の許しを得て、二人を帰した。

「あの二人の話じゃ、逃げた南天柄の着物の女を下手人と極《き》め付けるのは少し早い気がします」

「そうだな、下手人が侍を刺してから二人が路地を出るまで、時があるようだ」

「差し当たって、凶器の庖丁の出所を当たってみてえと思います」

「親分、こんなものがそこに」

三吉が拾った物を見せた。

「櫛《くし》か、上物だな」

「しま、って書いてありますね。逃げた女の持ち物じゃありませんか」

孫六は櫛の片隅の文字を指でなぞった。

「これは書いたんじゃねえよ。ご覧くださいまし、木之内様」

「彫埋《ほりう》めだな。将棋の駒にもある」

「三吉、これはな、文字を彫ってそこに黒漆を埋めたんだ。蒔絵《まきえ》師なのか錺《かざり》職人か、職人の手によるものだ。逃げた女の持ち物かも知れねえ」

孫六は木之内に断り、その櫛を預かった。

「三吉、庖丁の出所と併せて、この周辺で見慣れぬ顔、何か様子がおかしい者を見なかったか、虱潰《しらみつぶ》しに聞き込みをしてくんな」

「合点で」

2

事件の二日後──

夜になって本降りの雨になった。

三吉は堪《たま》らず、於《お》玉稲荷《たまいなり》神社の楠《くすのき》の大樹の下に飛び込んだ。

「何の手掛かりもなくこの雨か。弱り目に祟《たた》り目、泣きっ面に蜂だ」

ふと、手拭《てぬぐ》いで顔や体を拭《ふ》く手を止め、雨の向こうを透かし見た。

参道を挟んだ向かいの手水場《ちょうずば》の屋根の下に人影がある。

目を凝らすと、常夜燈《じょうやとう》の仄暗《ほのぐら》い明かりに浮かぶのは若い女の姿だった。

女も、三吉が腰にぶら下げた捕物帳を見て身を固くしたように見えた。

「酷《ひど》い降りだね」

声を掛けた時、女がふらっとして、そのまま崩れ落ちた。

「どうした」

三吉は雨を縫って駆け寄り、女の傍に腰を屈《かが》めた。

女は息遣いが荒く、額に手を当てると火のように熱い。

「こいつはいけねえや」

年の頃なら二十二、三だろうか。改めて女の顔を見た途端、三吉の胸がドキンと痛いほど打った。


(やっぱり綺麗《きれい》だなあ……)

竈《かまど》で粥《かゆ》を煮る手を止めて、三吉は年上らしき女の寝顔に見惚《みと》れた。

昨夜は、雨脚がますます強まり夜も遅かったので、医者を捜して駆けずり回るよりも自分の長屋に担ぎ込む方がいいと考え、女を背負い雨の中を突っ走った。火を熾《おこ》して家の中を暖め、夜を徹して女の額の手拭いを替えてやった。その甲斐《かい》があり、夜が明ける頃にはいくらか熱が下がり、女の寝息も穏やかになった。

夜具の擦れる音がしたので、三吉は再び振り向いた。

「気がついたかい。ここは橋本町《はしもとちょう》三丁目の稲荷長屋、俺《おい》らの家だ。俺らの名前は三吉、江戸《えど》一番の岡っ引き、孫六親分の一の乾分《こぶん》だ」

女がまだ怠《だる》そうにしながら身を起こした。

「いけねえよ、まだ寝ていなって」

「志摩《しま》と申します。お世話になりました」

「おしま、さん……」

旗本が刺された現場に落ちていた櫛に「しま」とあったのを思い出す。改めて明るいところで見ると、お志摩の着物の柄は南天である。

御役目のことが気になりながら訊いた。

「お志摩さん、家はどこだい」

「馬喰町《ばくろちょう》です、通いで旅籠《はたご》の女中をしています」

「住み込みの方が楽なんじゃねえのかい」

「江戸へは人を捜しに出て来たものですから、三年前に」

「どこだい、故郷《くに》は」

「磐城三春《いわきみはる》の大畑《おおはた》村です」

「また遠いところから出て来たもんだ。すると、昨夜もその人を尋ね歩いていたってわけか。それで、みつかったのかい？」

お志摩は力なく首を横に振った。

「みつかったら、あんなに疲れた顔はしていねえか。愚問だった、勘弁してくんな。でも、がっかりするなよ、そのうちきっとみつかるからさ」

お志摩が小さく笑った。

「もうじき煮えるからな、お粥が」

「すみません」

「その体じゃまだ仕事は無理だ。俺らが宿に断りを入れてやる。何て宿だい？」

四文屋〈柚子〉に回って来た奉行所の手配書を、お倫が店の待合に貼った。

その手配書には、旗本殺しの事件現場から逃げた女の特徴が、目撃した逢引《あいびき》の男女の証言により記されていた。

「こんにちは」

元気な声がして、お桐《きり》が顔を見せた。

「ふふふ」

お桐が格子越しに、板場にいる孫六に意味ありげな笑いを投げかけた。

「お桐、よしな、そういう気色の悪い笑い方は」

「あら、そんな言い方をなさるなら義兄《にい》さんにはお聞かせ致しません。お倫さん」

「何でしょう」

「朝方、三吉さんとすれ違ったのですが、いつもと様子が違うのです」

「違うって、どんな風に？」

「浮き浮きというか意気揚々というか、生きる張りのようなものが感じられたわ」

「生きる張り？」

「どこ行くの？　って訊《き》いたら、何て返事をしたと思いますか」

「さあ」

「どこだっていいじゃありませんか、とこうです」

「あらま、お桐さんに失礼だこと。でも、それだけ？」

「それだけで充分ではありませんか、踏み込みませんよ深くは、私としても。三吉さんだって若いんですもの」

「つまり、ってこと？」

お倫が小指を立てた。

「三吉に女だと？」

お桐に袖《そで》にされて、こっそり聞き耳を立てていた孫六も思わず声に出した。

「あら義兄さん、盗み聞きは駄目ですよ、十手を預かる身として」

お桐が可愛らしく笑いかけた。そこへ、

「こんちはー」

三吉が元気よく駆け込んで来た。

「さ、さ、三吉じゃねぇか」

「そうですとも、一の乾分の三吉ですって。嫌だな親分、何をそんなに驚いているんですか。あっしの顔に何か書いてありますか」

孫六は返す言葉に詰まる。

「おい、さっぱり顔を見せなかったが、どうなんでえ、聞き込みの方は。何か様子がおかしい者を見掛けなかったか、蝨潰しに聞き込みをしろと言っただろ」

「す、すいません」

逃げ出すように引き返した三吉が、待合の手配書に気づいて足を止めた。

「どうした」

「いえ、何でもありません」

三吉はそのまま駆け去った。

「しょうがねえ奴だな、まったく」

「どうして叱るのよ！」

お倫とお桐が声を揃えた。

「大きな声を出すなよ。見ろ、藤丸《ふじまる》も目を円《まる》くしてるじゃねえか」

孫六は黒縞《くろじま》の仔猫《こねこ》を抱いて、喉《のど》を撫《な》でてやる。

「駄目じゃないの、もっと上手に聞き出さないと」

「何を」

「三吉さんの心の声をですよ」

「そうよ。おい、三吉、馬鹿に顔色がいいじゃねえか、何かいいことでもあったのかい？　とか何とか優しく言って」

「仕方がねえよ、どんな顔したらいいのかわからなかったんだ」

「恋の思案は見当がつきませんか。いい歳してうぶなのね、義兄さんて」

お桐がからかった。

夕方、三吉が稲荷長屋の家に帰るとお志摩の姿がなかった。

礼も言わずに黙って出て行くような女には見えず、それが却《かえ》って三吉の不安をかき立てた。

何度も温め直した粥《かゆ》がまた冷えた頃、建て付けの悪い腰高障子が軋《きし》みを立てた。

三吉は下駄《げた》を突っ掛けて戸口に向かい、勢いよく戸を開けた。

いきなり戸が開いたので、お志摩が驚いて立ち竦《すく》んだ。

「駄目じゃねえか、こんなに遅くまで！」

三吉は思わず声を高くした。

「すみません、黙って家を空けて」

「いいんだよ、そんなことは。ただ、まだ病み上がりなんだから無理をしちゃいけねえよって、俺らはそう言いてえだけなんだから」

「すみません」

「寒かったろ、とにかく入んなよ」

お志摩を中に入れて戸を閉め、竈《かまど》に向かう。

「馬喰町の旅籠の方はうまいこと言っておいたから、もう三、四日はゆっくりしても大丈夫だぜ」

「すみません、何から何まで」

「いつまでもそんな所に突っ立っていねえで、上がりなって」

お志摩は遠慮がちに居間に上がった。

「この間の晩、やっと手掛かりが摑《つか》めたのに、こんなことになってしまったものですから、つい気が急《せ》いて……」

「どういうことだい？　手掛かりを摑んだんなら、尋ね人に会えそうなもんだけど」

「いなかったんです、そこにはもう」

「そうだったのか。それで、どこら辺りを尋ね歩いているんだい？」

「出合茶屋とか岡場所とか」

「ええっ、どうしてそんな所に」

三吉は眉《まゆ》をひそめ、粥をかき混ぜる手を止めた。

「お志摩さん、よかったら、誰を捜しているのか、聞かせてくれねえか。なに、俺《おい》らも下っ引きの端くれだ。ちっとは江戸の町のことは知っているし、大きな口は利けねえが、少しくれえなら手蔓《てづる》だってある」

「すみません」

「さっきから、すみませんばっかりじゃねえか。さ、お粥が煮えた。食べながら話を聞かせてくんなよ、な」

三吉は粥を椀《わん》によそり、漬物や昆布、梅干しの小皿を並べた。

粥を啜《すす》りながら、初めて詳しい話を聞くことができた。

お志摩の尋ね人は、多美《たみ》という名で、遠い日、口入屋に連れられて村を出て江戸に奉公に行った同い年の幼馴染《おさななじ》みだった。

江戸でも有名な口入屋という触れ込みだったが、奉公とは名ばかり、その実は両親の借金の形に買われて行ったのだった。

その多美との約束があるのだと、お志摩が打ち明けた。

多美が村を発《た》った日は三月三日、桃の節句だった。

村外れの道まで見送りに行ったお志摩に、多美がこう言った。

「十年後の今日、江戸で会おう。お志摩ちゃん、会いに来てくれる？」

「うん、きっと行くわ、江戸に」

「約束よ、お志摩ちゃん」

二人は指切りをした。

お志摩が話し終えた。

十年後の同じ三月三日に江戸で会う――正直なところ夢物語にしか思えない。

その一方で、いまどき聞かない清々《すがすが》しい話だと、三吉は心を打たれた。

三月三日といえば、あと幾日もなく、お志摩の気が急くのも無理はない。

「身売り同然となりゃ、お多美さんが堅気の仕事に就いてるとは、先《ま》ず、考えられねえ。お志摩さんはそう思って、出合茶屋とか岡場所を捜し回っているんだね」

三吉は膝《ひざ》を進めた。

「お志摩さん、俺らに一肌脱がしちゃくれねえか。俺らみてえな男でよけりゃ、いくらでも力になるぜ」

「ありがとう、三吉さん」

「何か手掛かりはねえかい。何でもいい、一つだけでも構わねえ」

だが、聞けば、この十年、多美との音信は一切ないという。

「口入屋の屋号が音羽屋《おとわ》でしたけど、それくらいしか……」

「音羽屋といえば本郷《ほんごう》にある大きな店だ。町人から武士まで手広く商う有名な店じゃねえか」

「でも、お店の番頭さんのお話では、磐城三春まで足を延ばして人集めをしたことは一遍もないそうです」

「そいつが音羽屋の名を騙《かた》ったんだ。大きな店の名前を出して村の者を信用させるとは、悪い人買い野郎だぜ」

結局、手掛かりは磐城三春の出の多美、それだけだった。

3

「おい、聞いたか」

冷静で頭の切れる木之内が、珍しく声を上擦らせながら〈柚子〉に入って来た。

「いらっしゃいませ」

お桐が出迎えた。

「誰だったかな」

「初めまして。義兄《あに》がお世話になっております」

お桐が丁重に一礼した。

「あに、というと？」

「孫さんの亡くなった奥様の妹さん。お桐さんです」

お倫が顔を出して教えた。

「木之内だ。お倫、聞いたか」

「何をですか」

「三吉だ。三吉が入り浸っている」

「入り浸るって、どこへですか」

「男が入り浸ると申せば色街に決まっておる。岡場所だ」

「ええっ」

お倫とお桐が顔を見合わせた。次の瞬間、声を揃えて呼んだ。

「孫さん！」

「義兄《にい》さん！」

裏から孫六が顔を出した。

「何だ何だ、二人して大声を出して。これは、木之内の旦那《だんな》」

木之内が改めて、三吉が岡場所に入り浸っていると、孫六に教えた。

「まさか、あいつが」

孫六は一笑に付した。

「孫さん、このままほうっておいていいの？」

「義兄さん」

「火は小さいうちに消すんだ、深みに嵌《は》まる前にな」

「木之内の旦那まで……」

「三吉さん、好きな人がいながらどうしたのでしょう」

矢継ぎ早に言われ、木之内が駄目を押した。

「御輿《みこし》を上げる時じゃねえのか、孫六」

孫六は橋本町の三吉の家に向かった。

追い立てられるように店を出たが、孫六としても気にならないわけではない。

「三吉、入るぜ」

腰高障子を開けた。

「三吉さん、今、出掛けています」

台所に立っていた若い女がこちらを振り向いた。

着物の柄が南天だ。

「俺は神田相生町で〈柚子〉って四文屋をやっている孫六って者《もん》だ」

女は居間に手を突いて名乗った。

「志摩と申します」

（しま……？）

「三吉さんには厄介をお掛けしました」

「すまねえ、三吉からは何も聞いていねえんだ」

お志摩は、雨の晩に熱を出して倒れたところを、三吉に介抱してもらったのだと打ち明けた。

「三吉さん、もうじき帰ると思います」

「お前さんは江戸の人じゃねえようだな。国はもしかして磐城じゃねえかい？」

「はい、三春です」

「やっぱりな。言葉が、こう、平坦《へいたん》じゃねえか」

「江戸に出て来て三年になりますが、国訛《くになま》りがなかなか抜けません」

「いいじゃねえか、訛りは国の手形だ。出直すよ」

優しく言い、帰りかけて足を止める。

「お前さんの名前を聞いて思い出した。これはお前さんの物かな」

〈しま〉の文字のある櫛《くし》を見せて、お志摩の表情を探った。

櫛を見たお志摩が戸惑いの色を浮かべた。

「いいえ、あたしの物ではありません」

「そうかい。こいつは、さる所に落ちていた物なんだ。邪魔したな」

家を出た孫六は、木戸を出た辺りで、ばったり三吉と出会った。

「お、親分。どうしてこんな薄汚《うすぎたね》えところに」

「馬鹿野郎、お前の長屋じゃねえか」

「そうでした」

「皆がお前のことを心配している」

「あっしのことを、ですか？」

「お倫さんもお桐も、木之内の旦那までがこの俺に、三吉の様子を見て来いと、そう言うんだ。無論、この俺だって心配している」

「それは、どうもすみません。隠すつもりはなかったんです。それに疚《やま》しいことは何一つありませんので」

「疚しいことのねえ悪所通いがあるのかい」

「へ？」

「ははあん、俺がお志摩のことでここへ来たと思ったんだな」

「お志摩さんのことじゃねえんで？」

「そうか。お前の悪所通いはお志摩と関わりがあるんだな？」

「さすがは親分、図星でさ」


孫六は三吉を近くの水茶屋に連れて行って話の続きをした。

「聞いたよ。人助けをしたって。お志摩がお前に感謝してたぜ」

「お志摩さんは三年前に磐城三春から江戸に出て来たんです」

「そうだってな」

「江戸に出て来た目当ては同じ村の幼馴染《おさななじ》みの多美って娘と交わした約束を果たすことでして」

「どんな約束だ」

「親分はどう思いますかねえ。十年後に江戸でまた会おうって話なんでさ」

「十年後にな」

「いまどき聞かねえ清々《すがすが》しい話だと胸を打たれて、お志摩さんのために一肌脱いだ次第です」

「なるほど。それとお前の悪所通いはどう関わりがあるんでぇ」

「その約束を言い出した多美って娘は、身売りをしたそうで」

「なるほどそういう訳だったのか。しかしな、三吉。この江戸に岡場所が幾つあると思ってんだ。寛政《かんせい》のご改革でごっそりお取り潰《つぶ》しになったが、それでもまだ二十やそこらはあるだろう。そこで働く女の数は四百か五百、もっとかも知れねぇ」

「まるで海の底で、とまでは言わねぇが、神田明神の境内で一本の針をみつけるくれぇ難しいって、同業の者にも言われました」

「なのにどうして、そこまで」

「ひたむきだからです、お志摩さんが。あの人は心底から約束を果たそうとしているって、わかったんです」

「三吉……」

「近頃は、世の中が妙に世知辛くなっちまった。なのに、十年前の約束を守ろうとする人が目の前にいる、お志摩さんみてえな人がまだいるんだって、そう思った時、何だかこの胸の辺りがあったかくなってきましてね……」

孫六は三吉の話を神妙に聞いた。

「よくわかった。悪所通いの一件は落着だ。もう一つの話をしよう。俺が何を言いてえか、察しは付いてるな?」

「……………」

「旗本が刺された現場から立ち去った女は南天の柄の着物を着ていた。お前が拾った上物の櫛には〈しま〉とあった」

「……………」

「人助けをするのは立派だ。優しいからな、三吉は。しかし、助けた女が南天の柄の着物を着たお志摩という名前の女だという話は、俺は一遍も聞いていねえ」

「……………」

「世の中に起きた事件を速やかに解決する、それが俺たちの仕事だ」

「よくわかっています。ただ……」

「ただ、何でえ」

「いいえ、何でもありません」

「お前は、下っ引きとしての御役目を怠っている。けど、人としては、お前みてえないい奴はいねえ。困った人がいるのに、見て見ぬふりの出来ねえお前を、俺は信じている」

「親分……」

「お倫さんとお桐から叱られたぜ。何でもっと三吉の心の声を聞いてやらねえんだってな」

「………」

「お前はお志摩を憎からず思い始めたんだな。憎からずなんて言い方は若いお前には合わねえか。好いてしまったんだな、お志摩を」

三吉が目許《めもと》を拭《ぬぐ》った。

「お志摩さんといると、この胸の辺りが痛くて苦しくて……だから、つい、馬鹿を言ったり、はしゃいでみせたりして……お志摩さんが人を捜していると聞いて、その手伝いをして駆け回っている時が一番楽しいというか、気持ちに張りがあって、それで、つい、その……親分、俺、どうしちゃったんだろ……」

三吉は、ごしごしと、両の袖《そで》で目を拭《ふ》く。

孫六は三吉の肩に優しく手を置くと、そのまま黙って引き上げた。

三吉は心を決めて長屋に戻った。

「孫六親分がいらっしゃいましたよ」

洗い物をしていたお志摩が振り向いた。

三吉は黙って居間に上がると、床をそっと指で叩《たた》いた。

「お志摩さん、座ってくれねえか」

三吉の真顔を見たお志摩も神妙な面持ちで膝《ひざ》を折った。

「四日前の晩、出合茶屋蓮花屋の裏手で旗本が刺されて死んだ。その事件現場から女が立ち去るのを、逢引《あいびき》の男と女が見ていたんだ」

「………」

「その二人が、立ち去った女は、お志摩さんとよく似た南天の柄の着物だったと証言したんだ」

「………」

「正直に話してくんな。お志摩さんは人捜しで岡場所や出合茶屋に行くと言っていたね。池之端には行っていねえな？　行っていねえよな？」

お志摩は俯《うつむ》いたまま、じっと押し黙っている。

その無言の間が長いので、三吉の胸の中に不安がどんどん膨らんで、お志摩の唇が動くのが怖くなっていた。

お志摩が静かに首を横に振った。

「あたしが刺しました」

「………！」

「あのお武家様が、あんまりしつこく付きまとうので、とうとう……」

逢引の二人も、男が女をしつこく口説く声を聞いたと言っていた。

「憎かったんです、あのお武家様が。まだこんな真似をするのかと思うと」

「まだこんな真似？　それはつまり、あの旗本と顔を合わせたのはあの晩が初めてじゃねえってことかい？」

「三年前、江戸に出て来たばかりにも絡まれたんです。立派なご身分の御方がこんな田舎娘に手を出すなんてって、腹も立ちましたし、とっても怖かったです」

「…………」

「あの晩は、捜していたお多美ちゃんの居場所がやっとわかって、心を弾ませていたんです。それなのに、その夜、選《よ》りに選って三年前のお武家様とまた……」

「お志摩さんの気持ちは痛いほどわかるよ。けど、刃物はどうしたんだい」

「持っていました」

「庖丁《ほうちょう》なんか持ち歩くかな」

「身を護《まも》るためです。岡場所は地廻《じまわ》りの人がとっても怖いものですから」

「なるほど」

「御恩のある三吉さんに黙っていて、困らせてしまったことはお詫《わ》びします。ごめんなさい」

お志摩は深々と頭を下げてから、真っ直ぐに三吉を見た。

「三吉さん、一生のお願いです。幼馴染みのお多美ちゃんと会って十年前の約束を果たせたら必ず自首します。決して三吉さんにご迷惑は掛けません。ですから三吉さん、それまで見逃してください、お願いします」

床に額を擦《こす》り付けて懇願するお志摩を、三吉はじっと見詰めるしかなかった。

4

孫六が腰に十手を差して出掛けようとした時だった。

表戸が開いて、戸口に三吉が立っていた。

三吉の真顔から、孫六がこれまで目にしたことがない強い決意が伝わって来た。

「俺に話があるんだな」

孫六は三吉を小部屋に上げた。

「聞かせてくんな」

孫六が水を向けた。

「旗本は自分が刺したと、お志摩さんが言いました」

「それで？」

三吉はいきなり部屋を飛び出すと、土間に下りて土下座をした。

「三吉、何の真似だ」

拭き掃除《そうじ》をしていたお倫も驚いている。

「お志摩さんは、十年前の約束を果したら必ず自首すると言ってます。お志摩さんはあっしが必ず自首させます。約束を果たすまで見逃してやっておくんなさい。約束の日は明日、三月三日です。親分、お願いします」

三吉は地べたに額を擦り付け、「お願いします」を繰り返した。

お倫が駆け寄って、三吉を起こした。

「孫さん……」

お倫が目で訴え、三吉を板の間に座らせた。

お志摩は三年前にも死んだ旗本に言い寄られたのだと、三吉が教えた。

「あの晩、十年前の約束の相手、お多美の居場所がわかって、お志摩さんは嬉《うれ》しくて心を弾ませていたと言ってました。ところが、あの野郎が、あろうことか三年前と同じ旗本野郎がまた手を出して……ぽかぽかしていた胸の中に冷や水をぶっかけられた気分になったんだと思います」

「お前はさっき、約束を果たすまで見逃してくれと言った。それはつまり、お多美の居場所を突き止めた、そういうことだな。そこはどこだ」

「内藤新宿《ないとうしんじゅく》です。今夜、確かめてきます」

多美は飯盛女でもしてるのだろう。

「源氏名かも知れねえが」

「駄目元で行ってきます」

「三吉、お前って奴は」

「親分、お志摩さんとお多美を会わせたら、必ずあっしが自首させます」

三吉は目に涙を浮かべて覚悟を語った。

捜査に行き詰まったら現場に戻れの鉄則に従い、孫六は池之端七軒町の出合茶屋蓮花屋の裏手に行った。

すると、事件現場をうろつく男を見掛けた。

背中に般若《はんにゃ》を大きく染めた法被を着て、やさぐれた印象のその男は、地べたに目をやり何か捜している様子だ。

岡っ引きの勘が鋭く働いた。

「そこで何をしているんだ」

男は黙って、じろりと睨《にら》み返した。

「その身形《みなり》は、この界隈《かいわい》の者だな」

「ごめんなすって」

「待ちな」

孫六は立ち去ろうとする男の前に回り込む。

「俺は神田相生町の孫六って者《もん》だ」

羽織の裾《すそ》を捲《まく》り、ちらりと十手を覗《のぞ》かせた。

男は一瞬目を泳がせ、居住まいを正した。

「お見逸《みそ》れしやした。佐吉《さきち》と申します。この先のちっぽけな曖昧屋《あいまいや》の者で」

曖昧屋とは、春を売る女を抱えた料理屋、茶屋、宿屋などをいう。

「こいつを捜しに来たんじゃねえのか」

〈しま〉とある櫛《くし》を見せた。

「確かにあっしの物です。ありがとうございます」

男は腰を低くして左手を差し出した。

「右手が不自由のようだな」

「へい、ちょいと……」

「櫛を返す前に訊《き》こう。どうしてこれを捜しに来たんだ」

「もう一遍やり直してえと思ったからです」

「やり直す……？」

やさぐれた男の口から、思いも掛けない言葉が出た。

「これを落としたのは、いつだ」

「さて、いつでしたか」

「いつ落としたかわからねえのに、どうしてここに来たんだ。おかしいじゃねえか。旗本が刺された晩じゃねえのか、どうなんでえ」

「申し訳ありません、おっしゃる通りです」

「よし。それじゃ、旗本が刺されるところは見たのかい？」

「いえ、あっしがここへ来た時には、ぐったりと柳の木の下に屈《かが》み込んでいました」

「刺した者も見ちゃいねえんだな？」

「へい、見ておりやせん」

「誰か怪しい人物を見掛けなかったかい、男でも女でも」

「いえ、誰も」

「嘘を吐くと為にならねえぜ」

「…………」

「佐吉、お前はさっき妙なことを言ったな。この櫛を捜しに来たのは、もう一遍やり直してえからだと、そう言った。その昔は堅気の仕事をしていたんだな」

「…………」

「この櫛の〈しま〉という文字は彫埋めだ。文字を彫って黒漆を埋めたもの。素人に出来る業じゃねえ。職人技だ。この彫埋めは、佐吉、お前がしたんだな？」

「へい、恐れ入りやす」

「この〈しま〉というのは、磐城三春から出て来たお志摩のことだ」

「親分さん……」

佐吉が驚いたように目を見開いた。

「図星だったかい。つまり、あの晩、お前はお志摩と会ったんだ。お前がここから立ち去るところをお志摩に見られた、そうじゃねえのか？」

「………」

「黙っていねえで、正直に何もかも言うんだ。佐吉、お志摩はな、自分が旗本を刺したと言っているんだぜ」

「えっ、どうしてそんな偽りを」

「理由は一つよ。お志摩は、お前が旗本を刺したと思い込んだに違いねえ」

佐吉の顔が歪《ゆが》んだ。

「そうか。俺とばったり会って、それから死んでいる旗本を見て、お志摩さんは……

親分、あの旗本は、三年前にお志摩さんにしつこく絡んでいた野郎なんです」

佐吉は、お志摩を〈さん付け〉にした。

「そんなことをどうしてお前が知っているんで……そうか。お前の右腕は、その時の出来事と関わりがあるんだな」

絡んだ糸がほぐれた、孫六はそう実感した。

三吉がお志摩から聞いた話と佐吉の話の中に〈三年前〉という言葉が出た。どうやら、それも事件解決の鍵《かぎ》の一つになりそうだ。

「佐吉、お前は今日、落とした櫛をみつけにここに来た。お前はお前で、お志摩に疑いが掛からねえようにと思った。それは、あの晩ばったり会ったお志摩の着物が南天の柄だったからだ。お前の働く店にも奉行所から手配書が回っていた筈《はず》。そこに南天の柄の女のことが書いてあった」

「………」

「肝心なのはここだ。事件のあった晩、そもそもお前はなぜ、ここへ来たんだ」

孫六は、事件のあった晩に佐吉がここに来たその訳が、真の下手人に結びつくと確信していた。


三吉はお志摩にどこに行くとも告げず、長屋を出た。途中、神田明神に寄って、願を掛けた。

(今日は二日。もしもその女がお志摩さんの幼馴染《おさななじ》みの多美ならば、明日、約束の三日に晴れて再会だ。吉報を待っていてくんなよ、お志摩さん)

四谷《よつや》大木戸を抜けると、道の両側にずらりと建ち並ぶ旅籠屋や茶屋などの店の明かりが煌々《こうこう》と灯《とも》り、男客が行き交い、夜の喧騒《けんそう》が耳に響く。

宿場町、内藤新宿である。

表向きは遊女を置くことは認められておらず、客に給仕をするという名目で飯盛女・茶屋女と呼ばれる女たちが置かれていた。

旅籠《はたご》屋は五十軒前後あり、飯盛女は宿場全体で百五十人いた。内藤新宿は江戸四宿の中でも品川《しながわ》宿に次ぐ賑《にぎ》わいを見せていた。

岡場所を一軒一軒訪ね歩いた三吉は、十数件目の店で、春駒屋という旅籠屋に多美という飯盛女がいることを突き止めた。

「お多美という女を頼まぁ」

三吉は春駒屋に飛び込むと、舐《な》められないよう、精一杯恰好《かっこう》をつけた。

「お多美だって……？　へえ……」

店の遣《や》り手婆《ばば》が、驚いたような、珍しいものでも見るような顔をして三吉を見た。

「なんでえ」

「お多美は今客を取ってる。空いたら教えるから、そこの部屋でお待ち」

板の間に上がってすぐの待合に通された。中に男が四人、屯《たむろ》していた。

言われるままに、じりじりしながら順番を待っていたが、辛抱堪《たま》らず、厠《かわや》に行くふりをして待合を抜け出すと、遣り手婆の目を盗んで二階に上がった。

遠慮気味に部屋の襖《ふすま》を三寸ばかり開けては、「お多美さんいるかい？」と訊く。違うと客にどやされて次の部屋を覗く。どやされても構わず次々と部屋を覗くが、なかなか多美のいる部屋に辿《たど》り着けない。

そうこうするうちに、どかどかと床を荒々しく踏み鳴らすいくつもの足音が聞こえた。さらに奥の部屋を開けて「お多美さんかい？」と声を掛けた次の瞬間。

後頭部に激痛が走り、そのまま気を失った。

煙草の匂いがした。徐々に意識が戻るにつれて、自分が暗闇の中で背中を丸めて横になっているのだとわかった。

（ここは何処だろう、どうして俺《おい》らはこんな黴臭《かびくさ》いところにいるんだろう）

そんなことをぼんやり考えながら、体を起こそうと首に力を籠《こ》めた。その途端、後頭部に強い痛みが走り、思わず呻《うめ》き声を発した。

「気がついたようだね？」

女の声がした。

薄目を開け、そろっと顔だけを動かした。一尺ほど開いた襖の間から差し込む薄明かりの中に紫煙が漂い、柱にもたれるようにして立つ人影が見えた。

「大丈夫かい？」

女は手にした煙管《キセル》を吹かした。

三吉は漸《ようや》く思い出した。春駒屋という店に上がり、多美という女を捜していると、背後から後頭部を棒か何かで強打されて気を失ったのだ、と。

痛む頭に顔をしかめながらゆっくりと体を起こすと、ここが蒲団《ふとん》部屋だとわかった。背後から頭を殴られた後、ここに放り込まれたのだろう。

「もしかして、お多美さん、かい？」

三吉が探るように問いかけるが、女はそれには答えず、訊《き》いてきた。

「初めてですよね、お客さん」

「ああ」

「ふふふ」

「何がおかしいんでえ」

「あっさり認めるから拍子抜けしちゃったのさ。仕切りの姐《ねえ》さんにからかわれたんだよ。あたしを捜し回っている男がいるって」

「すまねえ、正真正銘、お前さんと会うのは今日が初めてだ」

「初めてのおにいさんが、どうしてこのあたしを指名したんだい？」

「人を捜しているんだ」

「それがあたしなのかい、どうしてさ」

「大畑村を知ってるな？」

三吉は単刀直入に村の名前を出した。

女の表情を窺《うかが》うと、その目が微《かす》かに泳いだ。

「その目が知っているって言ってるぜ。よかった、やっと見つけたよ」

「あたしがその大畑村の多美だとしたら、どんな御用ですか」

身構えるような口調になった。

「お志摩さんが江戸に出て来ているんだ。知ってるよな、お志摩さんのことは」

「誰だったかねえ」

惚《とぼ》けるように横を向いて、また煙管を吹かした。

「冷てえ言い草だな。お志摩さんはお前の幼馴染みなんじゃねえのか。十年前の約束、忘れちまったのかよ」

「…………！」

畳みかけた三吉を、女がまじまじと見詰め返した。

初めて女の表情が大きく変化した瞬間だった。

「やっぱり憶《おぼ》えていてくれたんだな」

三吉は目の前の女が多美だと信じた。

「十年前の三月三日、村を出るお前は、十年後の同じ三月三日に江戸で会おう、そうお志摩さんと約束した。お志摩さんはその約束を守って江戸に出て来たんだ」

「………」

「三月三日、つまり明日《あした》だ。俺らは下っ引きの三吉って者《もん》だ。お多美さん、俺らが今言ったことが、嘘偽りに聞こえたかい？」

女は少し間を置いて訊いた。

「その人は今どこにいるんだい」

「俺の家にいるよ。橋本町の稲荷長屋だ」

女は今一度煙管を吹かし、煙を吐いた。

「明日、その人に来てもらっとくれ」

そう言い残して、女は立ち去った。

女からは、幼馴染みのお志摩に会いたいという懐かしい思いは露ほども感じられなかった。思えば、一度も自分は大畑村の多美だと認めてもいない。それでも、十年前の約束だけは覚えがある様子だった。

とにもかくにも、多美と名乗る女をみつけたことをお志摩に報《しら》せようと、三吉は店を出て長屋に戻った。そして、寝ずに三吉の帰りを待つお志摩に、春駒屋での一部始終を打ち明けた。

多美が内藤新宿で飯盛女をしていると聞いて、お志摩は顔を曇らせた。

江戸に出て来た時から覚悟はしていたものの、いざ現実を突きつけられると、胸を塞《ふさ》がれるものがあったのだろう。

「内藤新宿に行くことを黙っていたのは悪かった。もしもその女が人違いだったら、お志摩さんがまたがっかりすると思って言えなかったんだ」

「連れて行ってください、明日《あした》」

お志摩は決意を滲《にじ》ませ、頭を下げた。

5

翌三月三日。

三吉はお志摩を連れて内藤新宿に向かった。

昼間の内藤新宿は、夜の喧騒《けんそう》が鳴りを潜め、気怠《けだる》い雰囲気に包まれていた。

「ここだ」

三吉は春駒屋の前で足を止めて、お志摩を振り返った。

胸の高鳴りを鎮めるように胸に手を当て、一つ息を吐いたお志摩は、店の暖簾《のれん》を見て小さく呟《つぶや》いた。

「春駒、屋……」

「行こうか」

暖簾を割って土間に入ると、帳場にいた男に、多美に取り次いでくれと頼んだ。

すると、すぐに、多美が二階の部屋で待っていると言われた。

三吉に促されてお志摩は硬い表情で階段を上り、廊下を渡る。

二階の一番奥の部屋の前で、三吉が小さく言った。

「お多美さん、三吉だ。入るぜ」

三吉が襖《ふすま》を開けた。

「いらっしゃい、お客さん」

部屋の出窓に腰かけた浴衣姿の多美がしなを作った。

お志摩も三吉の後から、怖いものでも見るように、恐る恐る中を覗《のぞ》いた。

多美は湯上りなのか、髪を下ろし背中で束ねていた。

昨夜の暗い蒲団部屋の中ではその顔貌《かおかたち》がよくわからなかったが、こうして明るい光の中で見ると、見映えのいい容姿だとわかった。

だが、明らかにその声は昨夜よりも硬く、三吉とお志摩が階段を上ってくる足音にじっと耳を澄ましていたようにも感じられた。

三人は長火鉢を挟んで、向かい合いで座った。

妙だった。

お志摩は瞬《まばた》きもせず、じっと多美の顔を見詰めている。

一方の多美は視線を合わせようとせず、ちらちらと志摩の表情を窺っている。

十年振りとあっては、すぐにはわからないかも知れない。だが、幼馴染《おさななじ》み同士ならば、やがて互いの面影を認め、その名を呼び合うものではないのか。

「その人がお志摩さんかい？」

多美が先に口を開いた。

三吉とお志摩は、ともに眉《まゆ》をひそめた。

「十年振りに会いに来た幼馴染みを、さん付けで呼ぶのかい？」

三吉の声は低いが語気は強くなっていた。

それには答えず、多美がしみじみとした口調で返した。

「本当だったんだねえ、十年振りに会おうっていう約束は……」

「お前、本物のお多美さんじゃねえな！」

三吉が多美を見据え、ずばり言った。

多美が口許《くちもと》に微かに笑みを含んだ。

「そう、あたしの名前は菊《きく》、お多美ちゃんじゃない」

お志摩の顔が悲しみに歪《ゆが》んだ。

「何だと！　だったらどうして昨夜、お志摩さんを明日連れて来いだなんて言ったたんだ。本物のお多美さんじゃねえのに！」

三吉が声を荒げて詰め寄った。

「そんなに熱くならないでおくれよ」

お菊が落ち着き払っているので、さらに三吉の苛立《いらだ》ちが募った。

「訳を言え。お前がお多美さんの名を騙《かた》るその訳を。さっき、お多美ちゃんと呼んだな。その口振りならお多美さんをよく知ってるに違いねえ。今どこにいるんだ、お多美さんは」

「成覚寺《じょうかくじ》」

「何だって」

眉をひそめた三吉を見て、お志摩の目がその理由を訊《き》いている。

三吉はすぐには答えられず、奥歯をきりきりと噛《か》んだ。

「投げ込み寺だよ」

「ええっ」

お志摩の顔が歪んだ。

成覚寺は、死んで、文字通り投げ込まれた身寄り頼りのない遊女や飯盛女の亡骸《なきがら》を弔う寺だった。

「逝っちまったよ、暮れの雪の朝に……」

お菊が窓の外に目をやった。

「…………！」

お志摩は両手で顔を覆った。

「訳を聞かせてくれ。どうしてお前は、多美だなんて名乗ったんだ」

「どうしてかねえ。多分、お伽噺《とぎばなし》に付き合ってみたくなったのかも知れないね」

お菊が小さく笑った。

「お伽噺だって？」

「だってそうだろ？　十年後の同じ日に会おうだなんて、今時そんな約束を守る者がいるなんて信じられるかい？　男と女だったら、浮世離れした甘ちゃんがいるかも知れないけどさ、女同士だよ」

「それがいるんだよ、ここに」

三吉が真顔を向けると、お菊が小刻みに頷《うなず》いた。

「あんたもだろ、おにいさん」

お菊が三吉の心の内を見透かすように言った。

そうだ、お菊の言う通りだ。

三吉は、十年前の約束が守られるのを信じたいのだ。約束が守られる瞬間に立ち会いたいと願っているのだ。だから、お志摩のために駆けずり回ったのだ。もっと言えば、願いが叶《かな》い、お志摩の喜ぶ顔が見たかったのだ。

「お多美ちゃんも信じていたよ」

お菊が柔らかな視線をお志摩に投げた。

「死んだお多美ちゃんが言ってた。十年後の三月三日、きっとお志摩ちゃんが訪ねてきてくれる、って」

「………」

「あの雪の朝、息を引き取る前にお多美ちゃん、こう言ってた……あと半年、生きたかった。生きて、お志摩ちゃんに会って、謝りたかったって」

「謝りてえ？」

三吉はお志摩と訝《いぶか》しく目を見交わした。

「その目が澄んでてさ、深い海に吸い込まれそうなくらい……お多美ちゃんが最期に言い残す言葉を、ちゃんと聞いてやらなくちゃって思ったのさ」

お菊はさらにこう打ち明けた。

死んだ多美は、江戸の口入屋に買われて村を出る数日前、志摩の家からある物を盗み、それを村はずれの一本杉の根の下に埋めた。年季が開けたら故郷の村に帰ってそれを掘り出し、お志摩に返して謝りたい、多美がそう言ったというのだ。

「お多美ちゃんが息を引き取った時、決めたのさ。来年の三月三日まで、お多美ちゃんの身代わりになろうって。もし、三月三日にお志摩って人が現れたら、会って、お多美ちゃんのことを話してあげようって、ね」

三吉は胸を打たれた。

「そんな風に思っていてくれたのかい。さっきは声を荒げてすまなかった。ありがとう、ありがとよ、お菊さん」

「よしとくれ、礼なんて。あたしだって、昨夜おにいさんから話を聞くまでは、とてもじゃないけど、信じ続ける自信がなかったんだから」

「お菊さん、私も謝りたいことがあったんです」

お志摩が初めて口を開いた。

「あんたにも？」

お志摩は小さく頷くと、うつむいて強く拳《こぶし》を握り締めた。

「そうかい、あんたも重い石を抱えていたのかい……あたしに話しな。あたしがあの子に伝えるからさ」

「えっ」

お志摩も三吉も息を呑《の》んだ。

お菊の言葉は、お菊自身の命が短いことを、さらりと告げていたからだ。

お志摩は覚悟を決めたように語り始めた――

お志摩の家は、代々、近隣二十数箇村を束ねる名主の家柄だった。五代前の当主の惣領《そうりょう》が才覚に恵まれた人物で、医学を志して京大坂《きょうおおさか》に遊学、三春に戻ると診療所を開いた。村人の診療のほか、御家《おいえ》の求めに応じて、家臣やその家族の診療にも尽力し、大畑姓を名乗ること及び帯刀を許された。

お志摩は苗字帯刀が許された医家大畑家の娘、一方の多美は水呑《みずのみ》百姓の長女で、二人の間には歴然とした身分の差があった。

互いの家は川を挟んで、お志摩の家は町人地や武家地に近く、多美の家は田園地帯の一画にあった。それでも、そんな身分の差など考えもせず仲良く遊んだ。

しかし、十歳を過ぎる頃から、双方の親がつきあいを遠ざけるようになった。多美の両親がお志摩の家に出入りするのを控えるよう多美に言い、お志摩の父、久造《きゅうぞう》はあからさまに多美と遊ぶのを止めるよう命じた。

多美の父母はともに病がちで、長兄と次兄が早くから畑仕事に駆り出された。しかし、三春は旱魃《かんばつ》続きで年貢を納めることも儘《まま》ならない年が続いた。借金の利子が年々かさみ、多美はいずれは身売りをするのが運命と諦《あきら》めていた。

秋になると、江戸の口入屋が来て近隣の村々を回った。多美の身売りが決まり、翌年の三月三日、多美は十二歳で口入屋に連れられて大畑村を発《た》った。

多美が村を発つ数日前のことだった。

お志摩が綺麗《きれい》な青紫色の硝子瓶を自慢げに多美に見せた。お志摩は瓶の中身は異国の美味《おい》しい砂糖だと教えた。

「舐《な》めてみる？」

お志摩が訊くと、多美は首を横に振った。

次の日、その硝子瓶が紛失した。盗人《ぬすっと》でも入ったかと、父の久造は薬棚をくまなく調べたが、紛失したのは青紫色の硝子瓶一本だけだった。

お志摩はその時、多美の仕業に違いないと思った。

だが、久造はお志摩を疑い、いきなり殴りつけた。

前にもお志摩が同じ薬瓶を持ち出したことがあったからだ。

「あれは毒薬だぞ」

「知ってるわ、だから盗んで舐めようとしたんでしょ」

確かめもせず、いきなり暴力を振るわれたことへの反撥《はんぱつ》から、お志摩は盗んでもいないのに、かっとして言い返した。

薬瓶はどうしたと問い詰められると、川に捨てたとその場凌《しの》ぎを口にした。

「もし、誰かがそれを拾って触ったり舐めたりしたらどうするんだ」

居直るお志摩に対して、久造はさらに激しく殴る蹴《け》るを繰り返した。

「人でも死んでみろ、わしの一生はあっという間に台無しになるのだぞ」

久造が吠《ほ》えた。

お志摩は暗然として久造を見詰めると、家を飛び出した。

行くあてもなく、街道を南に向かって歩いた。その先は、おそらく多美が売られていく江戸だ。足を止めた時、突然、激しい震えがお志摩の全身を襲った。

お志摩は多美に、硝子瓶の中身は異国の砂糖だと嘘を吐いた。舐めてみるかと、挑発する言葉さえ口にした。

薬瓶を盗んだのは多美しか考えられない。もしや、多美が薬瓶の中身が異国の砂糖だと信じて舐めたりはしないだろうか。

お志摩は怖くて怖くて床に就いてもなかなか寝付けなかった。

そして、三月三日、桃の節句の朝が開けた。

お志摩は村はずれの一本杉の下で多美を待った。震えながら待ち続けた。

やがて、立ち籠《こ》める朝靄《あさもや》の中に人影が浮かんだ。小さな風呂敷《ふろしき》包みを一つ肩に背負った多美が江戸の口入屋に従《つ》いてやって来た。

お志摩はほっとした。多美の身に何事もなく、元気でいてくれたからだ。

多美が「ゆびきりしよう」と言い出した。

意味がわからず小首をかしげると、

「十年後の三月三日、江戸で会おうよ」

と、多美は微笑みながら小指を出した。

「お志摩ちゃん、江戸に会いに来てくれる？」

「うん、きっと行くわ」

お志摩は思わず答えて、自分の小指をからませた。

「指切りげんまん嘘ついたら針千本飲ーます」

二人は十年後の再会を約束し、指切りをして別れた。


――お志摩は話し終えて、目許《めもと》を拭《ぬぐ》った。

「人でも死んでみろ、わしの一生は台無しになる……父の言葉を聞いて、私は耳を疑いました。私は恐ろしい妖怪《ようかい》でも見た思いで父を凝視しました。誤って人が命を落とすことより、自分の地位や名声を失うことを心配するような人が医者などしていていいのだろうか」

「…………」

「父を責める一方で、醜い父の顔に泥が塗られるような出来事が起きればいいのにと、心のどこかで思いました。お多美ちゃんの身に万が一のことが起きても、そのことで父の名声に疵《きず》が付くなら、それはそれで構わない……心の何処かでそんな恐ろしいことを考えたりもしたんです……」

お志摩は唇を噛《か》んで項垂《うなだ》れた。

「お志摩さん、よく話してくれたね。そう、薬の硝子瓶を盗んだのはお多美ちゃんだ、本人の口から聞いたから間違いない」

お菊はそう教えると、多美から聞いたという話をした。

お志摩が硝子瓶を多美に見せた次の日、多美はこっそりお志摩の家の庭先に忍び込んだ。お志摩の父の久造がお供を連れて往診に出掛けるのを見届けると、診察室に潜り込んで、薬の棚を捜した。お志摩が自慢した異国の砂糖が入った青紫色の硝子瓶をみつけると、それを懐に押し込んで逃げた。

しかし、怖くなって、翌日すぐに返しに行った。お志摩が多美の名を出せば、盗んだのは自分だと、すぐにわかってしまうと思ったからである。

庭先に身をひそめると、家の中から悲鳴が聞こえた。前栽《せんざい》の陰からそっと覗《のぞ》くと、お志摩が久造から激しく折檻《せっかん》されていた。さらに、

〈あれは毒薬だぞ〉

〈知ってるわ、だから盗んで舐めようとしたんでしょ〉

という二人のやりとりから、硝子瓶の中身が毒薬で、お志摩が毒薬を舐めて死のうとする気持ちがあることも知った。

多美はそのまま逃げるようにして硝子瓶を持ち帰ると、村はずれの一本杉の根元にそれを埋めたのだった。

お菊の話を聞き終えたお志摩は、双眸《そうぼう》を見開いたまま、身動《みじろ》ぎ一つせず、お菊を見詰めた。

「お多美ちゃんは、私が毒を飲んで死のうとしたことを聞いていたのですか。私が父に折檻されている時、お多美ちゃんは庭先にいて……」

お志摩の顔は、血の気が引いて真っ青である。

「お志摩さん、お多美さんは、お志摩さんが死のうなんて思わねえように、死なせねえように、盗んだ薬瓶を木の根元に埋めたんだ……」

三吉はそう確信した。

「私を、死なせないように……」

お志摩の目が潤んだ。

「村はずれの一本杉の下で、お多美ちゃんが十年後に会いに来てと指切りをしたのは、きっと生きていてね、そうお志摩さんに言いたかったんだろうね……」

お菊がしみじみと言った。

「これから先の辛《つら》い人生への覚悟の気持ちもあったのかも知れねえな。自分も頑張って生きるから、お志摩さんも生きてねって、そう願っていたんだよ、お多美さんは。

今の俺《おい》らよりもいくつも若いくせに、何てしっかりしてやがるんだ」

三吉が目をこすると、お志摩も唇を震わせた。

「お志摩さん、よく来たね、あんた。十年前の約束を守って、本当によく会いに来てくれた。あたしは、自分のことのように嬉《うれ》しいよ」

お菊が優しい目を向けた。

「お菊さん……」

「ちょっと待っとくれ」

お菊は腰を上げると、部屋の片隅に置かれた古びた姫箪笥《ひめたんす》のところに行った。そして、引出しから何かを手にして戻った。

「お多美ちゃんが大事にしていた物だよ」

それは三春駒《みはるごま》だった。お志摩と多美の故郷磐城の郷土玩具《がんぐ》である。

「帰りたかっただろうねえ、故郷に……」

掌《てのひら》に乗せた三春駒を、お菊は切なげに眺めた。

「馬鹿な客が悪さして壊れ掛けているけど、お志摩さん、もらってくれる？」

お志摩は、多美の形見の三春駒を受け取った。

「この店の屋号を見た時、お多美ちゃんがこの店にいるような気がしました」

「そうか、ここは春駒屋だったな……」

三吉も得心した。

「お志摩さん、お多美ちゃんはお志摩さんとの十年前の約束をちゃんと守ったって、そう思ってくれない？　お多美ちゃん、精一杯生きたから……ね？」

お志摩は言葉にならず、黙って何度も頷《うなず》いた。

「お菊さん、ありがとう。よく、お志摩さんが来るのを待っていてくれた。よく、お多美さんの気持ちを伝えてくれた。ありがとう、ありがとう」

「世の中捨てたもんじゃないよねえ、おにいさん……」

「そうだな、そうだよな、お菊さん」

「ああ、間に合ってよかった」

お菊の表情は重い肩の荷を下ろしたように清々《すがすが》しかった。

それだけに尚更《なおさら》、お菊の言葉は三吉の胸に深く刺さって痛んだ。それはお志摩も同じだろう。

「三春に帰ったら、村はずれの一本杉の根の下を掘ってみて。あるといいわね」

お菊の優しい声を聞いた途端、お志摩の目から大粒の涙が溢《あふ》れた。

（そろそろ帰って来てもいい頃だが……）

番屋から出て来た孫六は道の向こうに目をやった。

　すると、辻《つじ》を折れて、三吉とお志摩がこちらに向かって来た。

　二人とも吹っ切れた表情に見え、孫六は胸を撫《な》で下ろした。

「お志摩、十年前の約束は果たせたんだな」

「はい」

　お志摩の表情には、哀しみの中にも清々しさが感じられた。

　お菊と別れたお志摩はその足で成覚寺に行って、無縁仏に線香を供え、多美の冥福《めいふく》を祈った。

「三吉、お多美との話は、あとでゆっくり聞かせてくんな」

「三吉さん、大変お世話になりました。ありがとうございました」

　お志摩が改めて頭を下げた。

「お志摩さん、俺《おい》らが代わりに三春に行って、木の根の下を掘ってくるよ」

「ありがとう……親分さん」

　お志摩が左右の手首を交差させて差し出した。

「あっしが縛ります」

　三吉が捕縄をほどこうとするのを、孫六が止めた。

「待ちな」

「罪科《つみとが》のねえ者を縛るわけにはいかねえよ」

「えっ」

その時、番屋の中から木之内に伴われて出て来たのは、佐吉と蜜柑色《みかんいろ》の着物を着た年若い娘、房だった。

「佐吉さん……」

「旗本中山伸ノ介《なかやましんのすけ》を刺したのはこのお房だ。佐吉と同じ店で働く娘で、手癖の悪い中山に酷《ひど》い目に遭わされ、どうしても許せなかったそうだ」

木之内が教えた。

「それじゃ……」

お志摩が佐吉を見詰めた。

「佐吉は下手人じゃねえ。身代わりになって罪を被《かぶ》ろうなんて思う必要はねえんだよ、お志摩」

「苦しめてしまい、すまなかった」

佐吉が、呆然《ぼうぜん》としているお志摩に頭を下げた。

木之内がお房を連れて番屋に引き返した。

「親分、いったいどうなっているんですか」

お志摩と佐吉が顔見知りとわかり、三吉が訊《き》いた。

「つまり、こういうことだ」

孫六が話し始めた。

三年前、故郷の三春から江戸に出て来てまだ日も浅いある日、お志摩は酔った旗本中山伸ノ介に絡まれた。それを助けに入ったのが錺職人《かざりしょくにん》の佐吉だった。だが、右腕を斬られた佐吉は、その怪我が因《もと》で右手が使えなくなり、錺職人の道を断念した。

それを知ったお志摩は、自分のために佐吉の人生を台無しにしてしまったと、ずっと負い目に思っていた。

そしてあの晩、佐吉は店を抜け出したお房を捜していて中山の死体に遭遇した。慌ててその場を立ち去る時、ばったりお志摩と会った。

一方、お志摩は、腹を刺されて死んでいる侍が三年前に自分に絡んだ中山だとわかった時、佐吉が下手人だと思い込んだ。己の人生を棒に振った中山に、佐吉が三年前の意趣返しをしたものと極《き》め付け、お志摩は佐吉の罪を被ろうと考えた。

「身代わりになるのが、せめてもの佐吉への償いと思ったんだろうがな」

孫六はお志摩をいたわりの目で見た。

「それじゃ、自分が刺したというのは、お志摩さんの作り話だったんだね」

「ごめんなさい、三吉さん」

「いいんだよ、終わり良ければすべて良しだ。でも、どうして親分は佐吉のことがわかったんで」

「この櫛《くし》だ。これを佐吉が拾いに来たんだ。佐吉は佐吉で、奉行所の手配書を見て、落とした櫛を拾われたらお志摩に疑いが掛かる、そう心配したってわけだ」

「だったら、どうして逃げたりしたんだい、佐吉」

三吉が訊くと、孫六に目で促された佐吉が苦しげに答えた。

「拗《す》ねて、ろくでもねえ人生を送ってしまい、恥ずかしくてお志摩さんの顔がまともに見られなかったからです」

「三年前に人生が交錯した三人が、何の因果か、あの晩、あの場所に吸い寄せられるように行き合わせたんだ」

誰もが、人のめぐり合わせの哀感を嚙《か》み締めていた。

「おっと、用済みの手配書を剝《は》がさなくちゃ。逢引《あいびき》の二人の証言でとんだ目に遭わされましたね」

「三吉、あの二人を責めるのはお門違いだぜ」

旗本中山家からは公儀に病死の届けが出された。不届きを働いた町人の娘に正面から腹を刺されたのはこの上ない屈辱で、とても表沙汰《おもてざた》にはできなかったのだろう。

事件はなかったことになるが、奉行所は、如何《いか》なる理由があるにせよ、娘が殺人に及んだ事実は看過できないとし、中山を刺した房を寄場送りに処した。

6

翌朝早く、お志摩は、三吉に見送られて磐城三春の大畑村に向かい旅立った。

孫六とお桐は三吉をいたわるように真ん中にして、和泉橋《いずみばし》の欄干に凭《もた》れ、お志摩に思いを馳《は》せた。

その日は爽《さわ》やかな南風が吹いて、雲がゆっくりと北に流れた。

「あの雲が道づれか。お多美さんの形見の三春駒もだ……」

「お志摩は今度のことで何かを摑《つか》んだはずだ。きっと新しい生き方をみつけるよ」

「佐吉もやり直せますよね、親分」

「大丈夫だろう。あの櫛はお志摩の母親の形見だそうだ。三年前、せめて怪我の治療代に当てて欲しいと佐吉に渡した。だが、佐吉は金に換えず、ずっと持ち続けていたんだ。お志摩の気持ちに応《こた》えたいと思ったんだろうな。だからこそ、不自由な右手と左手を使い、懸命にお志摩の名前を櫛に彫ったんだ」

「でも、本当は心の重荷だったのかも知れないわね」

「どうしてですか、お桐さん」

「だって、曖昧宿《あいまいやど》などといういかがわしい場所で働いていたんでしょ。お志摩さんの櫛を見るたびに、俺は駄目な奴だと、自分を責めていたのではないかしら」

「なるほど、だからお志摩さんの前から逃げ出したんですね」

「お桐、三吉、俺はこう思うんだ。心の負い目は悪いことばかりじゃねえ。心の負い目が生きる支えになることもあるんだって、な」

孫六は我が身に言い聞かせるように言った。

孫六にとっては、妻の結衣を死なせたことが、決して消すことのできない一生の負い目になっているからだ。

「心に負い目を感じる人の方がいいってことですよね、親分」

お志摩は磐城三春に帰り、三吉は恋を失った。

「三吉さん、徹夜でお志摩さんを看病したんですってね、優しいわ。段々と義兄《にい》さんに似てきたみたい」

孫六は思わず咳《せ》き込んだ。

「三吉さん、今度は年上の人じゃなくて、同い年の娘さんをみつけなさいよ」

「お桐さん、そうそううまくはいきませんて」

「でもね。私、同じになりましたわ、三吉さんと」

「それはどういう意味だ、お桐」

孫六は聞き咎《とが》め、お桐の横顔を覗《のぞ》き込んだ。

「破談になりました」

お桐がさらりと打ち明けた。

「破談？　どうしてだ」

「知りませんわ」

「聞かねえのか、理由を」

「聞きたくありませんもの、そんなこと」

「聞きてえとか聞きたくねえとかいう話じゃねえだろ」

「親分、お桐さん、やめてくださいよ、あっしの右から左から」

三吉が呆《あき》れ顔で両の人差し指を行ったり来たりさせた。

「お桐を袖《そで》にするとは許せねえ。お桐、忘れな。もっといい男がきっと現れる」

「おい、心に負い目を持って生きていけよ、あの人にそう言ってあげましょう」

「馬鹿言ってやがる」

外見は屈託なく明るいが、お桐の傷ついた心の内を思うと、孫六の胸は痛んだ。

一方で、どこかでほっとする気持ちに気づき、独り、うろたえる孫六だった。

「もうすぐ桜が咲くな。今年はゆっくり花見がしてえもんだな」

川風に吹かれ、ゆったりとした時の流れを味わう孫六だった。

主な参考資料

「十手・捕縄辞典」名和弓雄・著（雄山閣）
「郷土料理のおいしいレシピ東日本編」（教育画劇）
「郷土料理のおいしいレシピ西日本編」（教育画劇）
「図説・江戸町奉行所事典」笹間良彦・著（柏書房）
「町奉行」稲垣史生・著（新人物往来社）
「江戸の町奉行」石井良助・著（明石書店）
「江戸の組織人」山本博文・著（朝日新聞出版）
「江戸・町づくし稿」（上巻・中巻・下巻・別巻）岸井良衞・著（青蛙房）
「捕物の世界（一）」今戸榮一・編　岸井良衞・監修（日本放送出版協会）
サイト「うちの郷土料理」（農林水産省）
サイト「医薬品卸　史料館」（エンサイス株式会社）

本書は書き下ろしです。
編集協力／小説工房シェルパ

想《おも》い人《びと》

十手魂《じってだましい》「孫六《まごろく》」

山田《やまだ》 剛《たけし》

令和5年 5月25日　初版発行

発行者●山下直久

発行●株式会社KADOKAWA
〒102-8177　東京都千代田区富士見2-13-3
電話　0570-002-301（ナビダイヤル）

角川文庫 23669

印刷所●株式会社暁印刷
製本所●本間製本株式会社

表紙画●和田三造

●お問い合わせ
https://www.kadokawa.co.jp/（「お問い合わせ」へお進みください）
※内容によっては、お答えできない場合があります。
※サポートは日本国内のみとさせていただきます。
※Japanese text only

ISBN 978-4-04-113677-5　C0193

◇◇◇

角川文庫発刊に際して

角　川　源　義

第二次世界大戦の敗北は、軍事力の敗北であった以上に、私たちの若い文化力の敗退であった。私たちの文化が戦争に対して如何に無力であり、単なるあだ花に過ぎなかったかを、私たちは身を以て体験し痛感した。西洋近代文化の摂取にとって、明治以後八十年の歳月は決して短かすぎたとは言えない。にもかかわらず、近代文化の伝統を確立し、自由な批判と柔軟な良識に富む文化層として自らを形成することに私たちは失敗して来た。そしてこれは、各層への文化の普及滲透を任務とする出版人の責任でもあった。

一九四五年以来、私たちは再び振出しに戻り、第一歩から踏み出すことを余儀なくされた。これは大きな不幸ではあるが、反面、これまでの混沌・未熟・歪曲の中にあった我が国の文化に秩序と確たる基礎を齎らすためには絶好の機会でもある。角川書店は、このような祖国の文化的危機にあたり、微力をも顧みず再建の礎石たるべき抱負と決意とをもって出発したが、ここに創立以来の念願を果すべく角川文庫を発刊する。これまで刊行されたあらゆる全集叢書文庫類の長所と短所とを検討し、古今東西の不朽の典籍を、良心的編集のもとに、廉価に、そして書架にふさわしい美本として、多くのひとびとに提供しようとする。しかし私たちは徒らに百科全書的な知識のジレッタントを作ることを目的とせず、あくまで祖国の文化に秩序と再建への道を示し、この文庫を角川書店の栄ある事業として、今後永久に継続発展せしめ、学芸と教養との殿堂として大成せんことを期したい。多くの読書子の愛情ある忠言と支持とによって、この希望と抱負とを完遂せしめられんことを願う。

一九四九年五月三日

角川文庫ベストセラー

新・入り婿侍商い帖　千野隆司

新・入り婿侍商い帖　嫉妬の代償　千野隆司

新・入り婿侍商い帖　二つの祝言　千野隆司

新・入り婿侍商い帖　遠島の罠（一）　千野隆司

新・入り婿侍商い帖　遠島の罠（二）　千野隆司

10月。切米の季節で、蔵前は行きかう人でにぎわっている。しかし、羽黒屋の切米が何者かによって奪われてしまった！　五月女家の家督を継いだ善太郎は、羽前屋のお稲の妊娠を知る。2人が選んだ結末は……。

善太郎の実家にさらなる災難が！　切米騒動に隠された裏側とは……また、身重のお稲と善太郎、若い2人の選んだ道は……お互いが思いやる心が描かれる、感動の新シリーズ第2弾！

善太郎との間に生まれたお珠を久実に見せるため、五月女家に向かっていたお稲は、何者かに襲われる。さらに、大黒屋に、大口の仕事が舞い込んでくる。善太郎はお家存続のため、事件解決に向けて奔走する！

羽前屋に旗本吉根家の用人から、米を引き取ってほしいと依頼があった。同じ頃、角次郎は藩米の仲買問屋の寄合いで、仙波屋に声をかけられ、吉根家を紹介される。どうやら取引には裏がありそうで……。

冤罪で遠島になってしまった、大黒屋の主・角次郎。協力関係にある羽前屋の助けを借りつつ、罪をかぶせた犯人探しに奔走する善太郎。善太郎の苦悩、そして成長に目が離せない新章第2弾！